MARCHA CRIANÇA

CB136995

2º ANO
ENSINO FUNDAMENTAL

ENSINO RELIGIOSO

Dagmar de Assis Ramos

Professora e pesquisadora do Ensino Fundamental e Médio.

Bacharela em Direito com licenciatura plena em História.

Pós-graduada em História do Brasil pela Universidade Candido Mendes (Ucam-RJ).

Pós-graduada em Teologia pela Pontifícia Universidade Católica do Rio de Janeiro (PUC-RJ).

Decimar de Assis Henrique

Professora e pesquisadora das áreas de Educação e de Ensino Religioso, credenciada pelo curso superior de Teologia da Arquidiocese de Brasília.

Professora do Ensino Fundamental da rede pública do município do Rio de Janeiro.

editora scipione

editora scipione

Presidência: Mario Ghio Júnior
Direção editorial: Lidiane Vivaldini Olo
Gerência editorial: Viviane Carpegiani
Gestão de área: Tatiany Renó
Edição: Mariangela Secco (coord.), André Fonseca (editor)
Planejamento e controle de produção: Flávio Matuguma, Juliana Batista, Felipe Nogueira e Juliana Gonçalves
Revisão: Kátia Scaff Marques (coord.), Brenda T. M. Morais, Claudia Virgilio, Daniela Lima, Malvina Tomáz e Ricardo Miyake
Arte: André Gomes Vitale (ger.), Catherine Saori Ishihara (coord.), Lourenzo Acunzo (edição de arte)
Diagramação: Arte4 Produção editorial
Iconografia e tratamento de imagem: Sílvio Kligin (ger.), Denise Durand Kremer (coord.), Thaisi Lima (pesquisa iconográfica), Fernanda Crevin (tratamento de imagens)
Licenciamento de conteúdos de terceiros: Roberta Bento (gerente); Jenis Oh (coord.); Liliane Rodrigues; Flávia Zambon e Raísa Maris Reina (analistas de licenciamento)
Ilustrações: Bruna Assis Brasil (Aberturas de unidade), Claudia Marianno, Simone Ziasch, Ilustra Cartoon (Miolo)
Design: Gláucia Correa Koller (ger.), Flávia Dutra e Gustavo Vanini (proj. gráfico e capa), Erik Taketa (pós-produção)
Ilustração de capa: Estúdio Luminos

Avenida Paulista, 901, 6º andar – Bela Vista
São Paulo – SP – CEP 01310-200
http://www.somoseducacao.com.br

Dados Internacionais de Catalogação na Publicação (CIP)

Henrique, Decimar de Assis
Marcha Criança : Ensino religioso : 1° ao 5° ano / Decimar de Assis Henrique, Dagmar de Assis Ramos. -- 3. ed. -- São Paulo : Scipione, 2020.
(Coleção Marcha Criança ; vol. 1 ao 5)

Bibliografia

1. Ensino religioso (Ensino fundamental) - Anos iniciais I. Título II. Ramos, Dagmar de Assis III. Série

20-1104 CDD 371.07

Angélica Ilacqua - Bibliotecária - CRB-8/7057

2025
Código da obra CL 745890
CAE 721176 (AL) / 721177 (PR)
OP: 283736 (AL)
ISBN 9788547403157 (AL)
ISBN 9788547403164 (PR)
3ª edição
10ª impressão
De acordo com a BNCC.

Impressão e acabamento: EGB Editora Gráfica Bernardi Ltda.

Uma publicação SOMOS EDUCAÇÃO

Com ilustrações de **Bruna Assis Brasil**, seguem abaixo os créditos das fotos utilizadas nas aberturas de Unidade:

UNIDADE 1: **Casa marrom a esquerda:** Ewelina Wachala/Shutterstock, **Casa amarela e rosa:** vulcano/Shutterstock, **Porta branca:** David Papazian/Shutterstock, **Casa vermelha:** SÃ¡gi ElemÃ©r/Shutterstock, **Gira gira:** Bilanol/Shutterstock.

UNIDADE 2: **Hotel fazenda**: Stefano Ember/Shutterstock, **Bondinho:** Shutterstock / EQRoy, **Pedalinho de cisne:** Luiz Barrionuevo/Shutterstock, **Cercado:** OKAWA PHOTO/Shutterstock, **Alfaces:** Kyselova Inna/Shutterstock, **Acelgas:** Boonchuay1970/Shutterstock, **Abóbora:** S-F/Shutterstock.

UNIDADE 3: **Cesta com ovos**: JeniFoto/Shutterstock, **Casa no campo:** Artazum/Shutterstock, **Barco:** Joa Souza/Shutterstock, **Mar:** Pongpawan Sethanant/Shutterstock, **Forte vermelho**: Hung Chung Chih/Shutterstock, **Comidas do segundo quadrinho:** Picture Partners/Shutterstock, **Mesa branca:** horiyan/Shutterstock, **Fundo do segundo quadrinho:** Sur/Shutterstock, **Comidas do último quadrinho:** ungvar/Shutterstock, **Vela:** Grankin art/Shutterstock, **Mesa amarela:** focal point/Shutterstock, **Fundo do último quadrinho:** Kittisak Sirichunsuwan/Shutterstock.

UNIDADE 4: **Fundo do primeiro quadrinho**: uganov Konstantin/Shutterstock, **Mesa com computador:** Peshkova/Shutterstock, **Cortina azul:** Peshkova/Shutterstock, **Fundo do quarto quadrinho:** Artazum/Shutterstock, **Bandeira da África:** Alper Eris/Shutterstock, **Bandeira do Canadá:** Temo Sukhitashvili/Shutterstock, **Fundo do terceiro quadrinho:** Belobord/Shutterstock.

APRESENTAÇÃO

Querido aluno,

Todos os dias você brinca, aprende e faz descobertas.

Você está crescendo!

Pensando nisso, desejamos que, por meio do Ensino Religioso, você construa sua vida por caminhos livres de preconceitos em busca de um mundo melhor.

Nós esperamos que, auxiliado por este material, você cresça em tamanho e sabedoria, e que a cada lição você pratique o amor ao próximo e à natureza.

Cada Unidade foi pensada para contribuir com o seu desenvolvimento dentro e fora da sala de aula.

Vamos juntos aprender que somos todos irmãos!

Um carinhoso abraço,

As autoras

Claudia Marianno/Arquivo da editora

CONHEÇA SEU LIVRO

Veja a seguir como seu livro está organizado.

UNIDADE

Seu livro está organizado em quatro Unidades. As aberturas são compostas dos seguintes boxes:

Entre nesta roda

Você e os colegas terão a oportunidade de conversar sobre a imagem apresentada e a respeito do que já sabem sobre o tema da Unidade.

Nesta Unidade vamos estudar...

Neste boxe, você vai encontrar uma lista dos conteúdos que serão estudados na Unidade.

ATIVIDADES

Momento de verificar, por meio de atividades diversificadas, se os conteúdos foram compreendidos.

Em cada um dos dezesseis itens numerados, você encontra diversos conteúdos e propostas de reflexão.

VOCÊ EM AÇÃO

Você encontrará esta seção em todas as disciplinas. Em **Ensino Religioso**, ela propõe atividades práticas que trabalham competências socioemocionais.

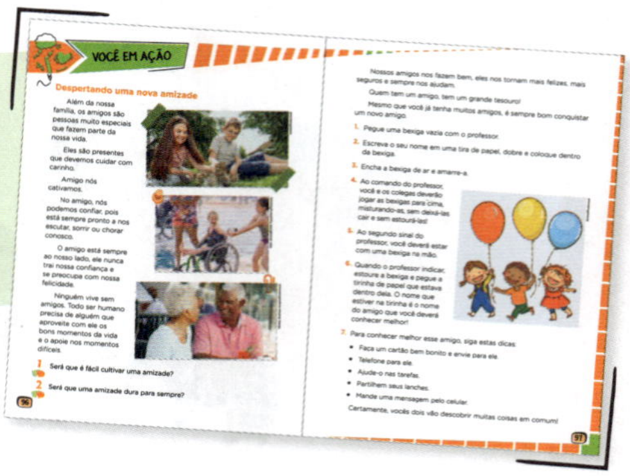

O TEMA É...

Comum a todas as disciplinas, esta seção traz uma seleção de temas para você refletir, discutir e aprender mais, ajudando-o a atuar no seu dia a dia com mais consciência!

SAIBA MAIS

Boxes com curiosidades, reforços e dicas sobre o conteúdo estudado.

AMPLIANDO O VOCABULÁRIO

Algumas palavras estão destacadas no texto e o significado delas aparece sempre na mesma página. Assim, você pode ampliar seu vocabulário.

QUEM É?

Boxe com informações sobre autores e artistas.

SUGESTÕES PARA O ALUNO

Seleção de livros, CDs, filmes e *sites* para complementar seus estudos e ampliar seus conhecimentos.

ADESIVOS

No final do volume, você encontra adesivos para colar nas atividades do livro.

Material complementar

CADERNO DE CRIATIVIDADE E ALEGRIA

Material que explora os conteúdos de Ensino Religioso de forma divertida e criativa!

Quando você encontrar estes ícones, fique atento!

Em dupla

Em grupo

Com a família

No caderno

Oral

SUMÁRIO

Iakov Filimonov/Shutterstock

ESB Professional/Shutterstock

UNIDADE 3 O PRÓXIMO PARA AMAR 74

UNIDADE 4 É TEMPO DE DIALOGAR 106

Robin Jerstad/ZUMA Press/Alamy/Fotoarena

Monkey Business Images/Shutterstock

UNIDADE 1

CONVIVÊNCIA

Entre nesta roda

- O que você acha mais especial em você?
- Qual é a sua melhor lembrança de momentos em família? E na escola?
- Você conhece muitos vizinhos no seu prédio ou na sua rua?

Nesta Unidade vamos estudar...

- A criação
- Convivência e respeito
- O valor da família e dos amigos

Bruna Assis Brasil/Arquivo da editora

1 EU SOU UMA CRIAÇÃO ESPECIAL

> Cada um de nós é fruto de um pensamento de Deus.
>
> **Papa Bento XVI**

Desde o início dos tempos, os seres humanos buscam uma forma de devoção a Deus. E há muitas maneiras de manifestar a sua fé.

Para os cristãos a história da Criação encontra-se no Livro Sagrado, a Bíblia. Os cristãos creem em um só Deus, Pai e Criador.

Cantai ao Senhor um cântico de gratidão,

Cantai ao nosso Deus com a harpa.

A ele que cobre os céus de nuvens,

Que faz cair a chuva à terra;

A ele que faz crescer a relva nas montanhas,

E germinar plantas úteis para o homem.

[...]

Salmo 146,7-11. **Bíblia Sagrada Edição Pastoral-Catequética**. São Paulo: Ave-Maria, 1999.

Tales Azzi/Pulsar Imagens

Cardume de peixes na Cachoeira Serra Azul, no município de Nobres, em Mato Grosso, em 2019. Para muitas religiões, a natureza é uma criação divina.

Simone Ziasch/Arquivo da editora

Antes de todo o tempo,
Quando nada havia,
Nem mesmo a escuridão,
Nem mesmo o tempo,
Apenas Deus existia.
Deus disse: "Faça-se."
E por isso Deus
É o criador
De tudo o que existe.

Youcat para crianças. São Paulo: Paulus, 2019. p. 32.

- Depois de observar as imagens e ler os textos, converse com os colegas sobre a criação de Deus.

Quem é?

Max Rossi/Reuters/Fotoarena

Bento XVI, Joseph Aloisius Ratzinger, nascido na Alemanha em 1927, é Papa Emérito da Igreja católica. Devido à idade avançada, em 2013, ele comunicou sua renúncia ao posto e se aposentou.

Assim começa nossa história!
Temos um nome...
Temos culturas diferentes.
Mas para Deus somos todos iguais!
E ele pede: "Ame ao seu próximo como a si mesmo".

Quem é o nosso próximo?

É o seu colega de sala de aula,
Sua família,
A comunidade da sua igreja
Seus amigos de brincadeiras...

Texto elaborado pelas autoras especialmente para esta obra.

Claudia Marianno/Arquivo da editora

- Faça a atividade *Decifrando o enigma* da **página 3** do **Caderno de criatividade e alegria**.

Saiba mais +

Criação do mundo

Leia a seguir o **texto 1**, sobre a criação do mundo e do ser humano na tradição africana iorubá e o **texto 2**, sobre a criação do mundo na tradição cristã.

Texto 1

Claudia Marianno/Arquivo da editora

Olodumare-Olofim vivia só no Infinito, cercado apenas de fogo, chamas e vapores, onde quase nem podia caminhar. [...]

Libertou as suas forças e a violência delas fez jorrar uma tormenta de águas. [...]

A água encheu as fendas ocas, fazendo-se os mares e oceanos, em cujas profundezas Olocum foi habitar. Do que sobrou da inundação se fez a terra.

Na superfície do mar, junto à terra, ali tomou seu reino Iemanjá, com suas algas e estrelas-do-mar, peixes, corais, conchas, madrepérolas. Ali nasceu Iemanjá em prata e azul, coroada pelo arco-íris Oxumarê. [...]

Orixá Ocô fertilizou os campos, propiciando o nascimento das ervas, frutos, árvores, bosques, florestas. [...]

Quando tudo estava feito Obatalá, respondendo às ordens de Olorum, criou o ser humano. E o ser humano povoou a terra. E os orixás pelos humanos foram celebrados.

Mitologia dos orixás, de Reginaldo Prandi. São Paulo: Companhia das Letras, 2007. p. 380-381.

Texto 2

No princípio, criou Deus os céus e a terra.

A terra, porém, estava sem forma e vazia; havia trevas sobre a face do abismo, e o Espírito de Deus pairava por sobre as águas.

Disse Deus: Haja luz; e houve luz.

[...]

Disse também Deus: Ajuntem-se as águas debaixo dos céus num só lugar, e apareça a porção seca. E assim se fez.

À porção seca chamou Deus Terra e ao ajuntamento das águas, Mares. [...]

E disse: Produza a terra a relva, ervas que deem semente e árvores frutíferas que deem fruto segundo a sua espécie, cuja semente esteja nele, sobre a terra. E assim se fez.

A terra, pois, produziu relva, ervas que davam semente segundo a sua espécie e árvores que davam fruto, cuja semente estava nele, conforme a sua espécie. [...]

Gênesis 1,1-12. **Bíblia de estudo Almeida**. 2. ed. Barueri: Sociedade Bíblica do Brasil, 1999.

Atividades

1 Leia os itens abaixo e ilustre as respectivas criações.

a) O Criador fez o Sol, a Lua e as estrelas...

b) Criou os animais...

c) E, finalmente, o Criador fez o ser humano.

2 Faça a atividade *Dobradura de cachorro* da **página 4** do **Caderno de criatividade e alegria**.

3 O ser humano recebeu um presente para amar e proteger. Que presente foi esse?

....

4 Na sua opinião, o ser humano está cuidando bem de seu presente? Justifique sua resposta.

....

....

- Compartilhe sua resposta com os colegas e conversem sobre o que cada um pensa sobre o assunto.

5 Cada ser humano é uma criação especial. Descreva como você se vê. Olhando no espelho eu me vejo assim...

....

....

....

....

....

....

....

VOCÊ EM AÇÃO

Respeito é bom, e todos gostam!

O respeito é a base para uma convivência harmoniosa e pacífica. A ideia do diálogo inter-religioso é a de que nenhuma religião deve ser considerada melhor que outra. É também uma ferramenta importante para evitar guerras e uma maneira de colocar em prática o respeito a todas as formas de crer.

Mohammad Ponir Hossain/Reuters/Fotoarena

Papa Francisco cumprimenta o representante da comunidade hindu durante conferência inter-religiosa na Catedral de Santa Maria, em Dacca, Bangladesh, em 2017.

Marcelo Camargo/Agência Brasil/Creative Commons CC BY

Marcha pela vida e liberdade religiosa realizada no dia 21 de janeiro de 2016, no município de Porto Alegre, no estado do Rio Grande do Sul.

1 Dia 21 de janeiro é o Dia Nacional de Combate à Intolerância Religiosa. Na sua opinião, qual é a importância dessa data?

2 Forme dupla com um colega, observem as fotos e conversem sobre a importância do diálogo, da tolerância e do respeito. Depois, registrem abaixo a conclusão de vocês.

....

....

....

....

3 O respeito é uma regra básica de convivência. Agora, em grupo, elaborem uma regra para conviver bem com todas as religiões.

....

....

....

....

4 Com a ajuda do professor, reúnam todas as regras criadas pela turma e elaborem um cartaz. Para facilitar a compreensão de todos, as regras precisam ser claras e não muito longas.

5 Por fim, ilustrem o cartaz com desenhos e escolham um lugar da escola para fixá-lo.

Simone Ziasch/Arquivo da editora

2 CRESCENDO EM FAMÍLIA

A família

Com a ajuda de nossos familiares podemos nos tornar fortes e crescer sabendo que somos amados.

A família é responsável pela educação e pelo bem-estar de seus membros.

O nosso primeiro espaço de convivência é a família. É com ela que aprendemos a respeitar o próximo, a viver com harmonia e com amor e a colaborar uns com os outros. É com ela também que começamos a formar nossa identidade.

A família que busca resolver suas dificuldades e problemas por meio do diálogo torna-se mais unida, mais feliz e mais próxima do Criador.

Monkey Business Images/Shutterstock

A família é o centro da nossa vida.

Existem grupos familiares bem diferentes, cada um com sua cultura e sua crença.

MEU NOME É YOKO. MORO COM MINHA FAMÍLIA NO JAPÃO.

KPG_Payless/Shutterstock

EU SOU RAJ. SOU INDIANO E MORO NA ÍNDIA.

StockImageFactory.com/Shutterstock

EU SOU IARA. MINHA FAMÍLIA É GANESA.

Nataly Reinch/Shutterstock

MEU NOME É ENZO! NASCI NO BRASIL E MORO NO RIO DE JANEIRO.

Monkey Business Images/Shutterstock

- Observe as imagens, contorne a que mais se parece com a sua família e, abaixo, escreva um recado bem bonito para ela.

....

....

....

Lugar sagrado: um espaço de convivência

> A oração nos conduz diretamente ao coração de Deus.
>
> **Papa Bento XVI**

Templos, igrejas, terreiros, centros, sinagogas, mesquitas, assim como as casas, são espaços de convivência. São também lugares para demonstrar no que a gente crê!

Marcelo Moryan/Shutterstock

Fachada da Igreja católica Nossa Senhora D'Ajuda, em Porto Seguro, no estado da Bahia, em 2019.

Ricardo Teles/Pulsar Imagens

Homenagem a Cosme e Damião no Vale dos Orixás, local de adoração de devotos da umbanda e do candomblé, em São Bernardo do Campo, no estado de São Paulo, em 2019.

Andre Nery/Shutterstock

Fachada do templo budista Chen Tien, em Foz do Iguaçu, no estado do Paraná, em 2018.

Giovanni Zacchini/Shutterstock

Fachada da sinagoga Grande Templo Israelita do Rio de Janeiro, no estado do Rio de Janeiro, em 2018.

- Compartilhe com os colegas se você frequenta algum lugar para orar com sua família.

Atividades

1 Pense no que é necessário para que as famílias vivam em paz, com amizade e união. Escreva nos balões o que você pensou.

Elena Medvedeva/Shutterstock

Kalmatsuy/Shutterstock

2 Desenhe um  nas afirmações que correspondem ao texto da página 18.

☐ Não dependemos de nossa família.

☐ Devemos viver em harmonia com nossa família.

☐ Família unida vive mais feliz.

☐ Na família não é preciso haver colaboração.

3 Escreva abaixo os momentos em que você mais gosta de estar com sua família.

....

....

....

....

....

....

....

....

Frame Art/Shutterstock

4 Cada família tem uma história! E ela fica em nossa memória, nossos álbuns de fotografia, nossos vídeos. Registre abaixo uma parte da sua história.

Iakov Filimonov/Shutterstock

Quando nasci quem cuidou de mim foi ....

Hoje eu tenho .... anos.

Meus amigos são ....

....

Moro com ....

....

Gosto de brincar de ....

....

O passeio de que mais gostei foi ....

....

5 As famílias não são iguais, mas em todas elas deve haver...

COLABORAÇÃO UNIÃO COMPREENSÃO AMOR

A família é um tesouro que a gente tem. Represente a sua família por meio de um desenho.

6 Faça a atividade *A morada da família* da **página 7** do **Caderno de criatividade e alegria**.

7 Pesquisem em jornais, em revistas e na internet fotos mostrando diferentes tipos de família. Depois, com a ajuda do professor, vocês vão montar o painel com o título "Diferentes, porém iguais no amor!".

Lembre-se de agradecer por essas pessoas fazerem parte de sua vida.

O TEMA É...

Saúde na família

As crianças têm direito a crescer com saúde. Para isso as futuras mamães também têm direito a cuidados especiais, para que seus filhos possam nascer saudáveis. Toda criança também tem direito a alimentação, habitação, recreação e assistência médica.

Cada família é diferente em sua forma de orar, de viver e de se alimentar. Nossa alimentação nos faz crescer fortes e saudáveis.

Gregory Dean/Shutterstock

DIREITO A ALIMENTAÇÃO, MORADIA E ASSISTÊNCIA MÉDICA ADEQUADAS PARA A CRIANÇA E A MÃE.

1 Na sua opinião, o que é preciso para crescermos fortes e felizes?

2 Quais são as comidas mais preparadas na sua casa?

Fernando Favoretto/Criar Imagens

A hora das refeições é um momento de confraternização, isto é, um momento em que dividimos com nossos amigos e familiares não apenas o alimento, mas também vivências, lembranças, histórias. É um momento em que reforçamos nossos vínculos.

Cada cultura tem seus alimentos e sua forma de fazer as refeições, e muitas vezes as celebrações envolvem uma refeição especial para a ocasião.

zixia/Alamy/Fotoarena

Família de origem indiana almoçando durante comemoração Baisakhi, festa sique de celebração e agradecimento pelos alimentos, em Maiorca, na Espanha, em 2014.

Photodisc/Getty Images

Família estadunidense em Nova Iorque, nos Estados Unidos, rezando antes do almoço no Dia de Ação de Graças. Esse feriado é um dia dedicado a agradecer a Deus por tudo que Ele nos dá.

sique: referente ao siquismo, religião monoteísta fundada no século 15 pelo guru Nanak, na Índia. De modo geral, reúne elementos do hinduísmo e do islamismo. Está entre as dez religiões com maior número de fiéis no mundo.

Avishek Das/SOPA Images/Getty Images

Família muçulmana durante *iftar*, refeição noturna feita após o jejum diário durante o Ramadã, dentro da mesquita Nakhoda, em Calcutá, na Índia. Foto de 2019.

3 Observe as imagens e converse com os colegas sobre as semelhanças e as diferenças entre elas.

4 Quais alimentos sua família costuma preparar em festas e comemorações religiosas?

3 O VALOR DA FAMÍLIA

A família é muito importante. Ela nos dá apoio e amor.
Leia o texto abaixo com o professor.

A minha família

Eu gosto da
minha mãe,
do meu pai,
do meu irmão.
Nem sei como
tanta gente
cabe no
meu coração!

Por enquanto eu sou pequeno, de Pedro Bandeira. São Paulo: Moderna, 2009.

Ilustra Cartoon/Arquivo da editora

Quem é?

Bruno Poletti/Folhapress

O escritor de livros infantojuvenis Pedro Bandeira de Luna Filho nasceu em Santos em 1942. Ele já recebeu diversos prêmios, como a Medalha de Honra ao Mérito Braz Cubas, da cidade de Santos, e o Jabuti.

As famílias são diferentes. Nenhuma é igual a outra, mas todas são especiais.

Simone Ziasch/Arquivo da editora

- Agora, conte para os colegas como é sua família.

Cada um aprende os costumes religiosos com a própria família. E, convivendo com outras famílias que praticam costumes diferentes dos nossos, aprendemos a respeitar e acolher as diferenças.

Todos celebram juntos sua fé e se reúnem para celebrações religiosas ou para encontros familiares.

A família de Gabriela frequenta um templo budista.

Ilustrações: Simone Ziasch/Arquivo da editora

Alberto e sua família são evangélicos.

A família de Rodrigo e Ana não segue nenhuma religião, mas sempre faz encontros familiares.

As famílias também têm religiões diferentes.

Cada religião tem seu modo de orar e símbolos próprios que a ligam ao Criador do Universo.

O Criador recebe diferentes nomes: Deus, Javé, Alá, Olorum, o Grande Espírito, a Deusa, Brahma. Mas o importante é que Ele entende as diferentes culturas e seu grande desejo é que todos vivam em paz como irmãos.

Muitos símbolos representam a fé, a esperança, a vida e a natureza.

ajt/Shutterstock

Cruz.

A **cruz** é o símbolo do cristianismo. Ela representa a Santíssima Trindade. A ponta superior representa Deus Pai, a ponta inferior representa Deus Filho, Jesus Cristo e as duas extremidades horizontais representam o Espírito Santo.

A **menorah** é um símbolo do judaísmo. O candelabro de sete braços representa os sete dias da criação do mundo.

Lorelyn Medina/Shutterstock

Menorah.

Georg.S.V/Shutterstock

Om.

Om, símbolo do hinduísmo, é o som do Universo — representa os quatro elementos naturais — fogo, terra, água e ar — e o éter (quinta-essência).

A **lua crescente com a estrela** é o símbolo do islamismo e significa renovação da vida.

casejustin/Shutterstock

Lua crescente.

Reprodução/Umbanda Luz Divina

Bandeira nacional da umbanda.

A **bandeira nacional da umbanda** tem um sol que representa a Luz Divina.

A liberdade religiosa é um direito da humanidade.

Atividades

1 Ordene os quadrinhos e descubra o que diz a mensagem.

dormir	Antes	de	pela	minha
vou	orar	família.	agradecendo	

....

....

2 Ligue os símbolos religiosos às respectivas religiões.

Ilustrações: Simone Ziasch/Arquivo da editora

Islamismo

Umbanda

Cristianismo

Judaísmo

Hinduísmo

3 A árvore genealógica é uma forma de representar em esquema os nossos antepassados (pais, avós, bisavós...).
Escreva o nome de seus familiares na árvore genealógica abaixo e desenhe você no quadrinho correspondente.

Família paterna | **Família materna**

Evgeniya Pushai/Shutterstock

4 Escolha cores bem bonitas e pinte as flores que representam as pessoas que moram com você.

Supza/Shutterstock

5 Faça a atividade *Formando pares* da **página 9** do **Caderno de criatividade e alegria**.

Saiba mais

Família alargada ou estendida

Ubuntu é uma filosofia africana que significa "humanidade para os outros", é agir e pensar coletivamente.

A ideia central é a de que todos os seres humanos fazem parte de uma grande família.

No ubuntu, as pessoas sabem que uma precisa da outra, então se ajudam, superam as dificuldades, lutam contra a discriminação de cor e religião e defendem seus direitos, assim como fazem grandes líderes da África do Sul.

Gamma-Rapho/Getty Images

Desmond Tutu, arcebispo da Igreja anglicana que sempre lutou contra o racismo, celebra missa pelo seu aniversário de 85 anos na Catedral São Jorge, na Cidade do Cabo, África do Sul, em 2016. Ele, que recebeu o prêmio Nobel da Paz em 1984 e a Medalha Presidencial da Liberdade em 2009, afirma que "Uma pessoa com ubuntu é acolhedora, hospitaleira, generosa, disposta a compartilhar".

VOCÊ EM AÇÃO

Muitas famílias

1 Em casa, converse com seus avós, tios, pais e peça a eles que contem um pouco da história de sua família. Registre essa história no espaço abaixo.

....

....

....

2 Traga uma foto de sua família, apresente-a aos colegas e conte a sua história.

3 Depois, faça com a turma um belo mural.
Seus colegas vão conhecer a sua família e você conhecerá a família de todos eles.

Claudia Marianno/Arquivo da editora

Para conviver em família, além do amor e da compreensão, é importante seguirmos algumas regras!

4 Que tal escrever algumas regras de boa convivência? Em grupos, façam uma lista de regras.

....

....

....

....

....

....

....

Ilustra Cartoon/Arquivo da editora

4 NINGUÉM VIVE SOZINHO

Aprendemos que família é muito importante. Porém, existem outras pessoas que fazem parte da nossa vida e ajudam no nosso desenvolvimento. Leia a história a seguir.

A toupeira e os saguis

Era uma vez...

Uma toupeira que passava a noite toda cavando túneis.

Mal o sol nascia, ela pegava no sono, exausta.

Justo nessa hora, os saguis, que moravam na árvore acima dela, acordavam, fazendo uma algazarra medonha.

Ilustra Cartoon/Arquivo da editora

E agora?

Como a toupeira e os saguis vão continuar sendo vizinhos?

A toupeira e os saguis, de Sylvie Girardet e Puig Rosado. São Paulo: Scipione, 2003. p. 2-3.

1 Os saguis moravam na árvore, bem em cima da casa da toupeira. Conte para os colegas como é o lugar onde você mora.

2 Na sua opinião, como a toupeira e os saguis podem solucionar esse problema?

Conviver com harmonia, saber agradecer, tratar a todos com cuidado, respeito e educação são formas de crescermos e melhorarmos como seres humanos.

Ilustrações: Claudia Marianno/Arquivo da editora

- Observe as cenas e converse com os colegas sobre o que elas representam.

Atividades

1 Você conhece seus vizinhos? Convive bem com eles? Conte aos colegas.

2 A toupeira e os saguis precisam encontrar uma solução para poderem viver em paz. Pinte de **vermelho** a melhor solução para esses vizinhos.

A toupeira gritou com os saguis.

A toupeira mudou-se para outro lugar.

A toupeira visitou os saguis e eles se conheceram e conversaram bastante.

3 Ajude os saguis a entender o que devemos fazer para sermos bons vizinhos.

Copie as palavras abaixo nas colunas certas.

brigar
ignorar-se
incomodar
conversar
ajudar
partilhar

Antonov Maxim/Shutterstock

BONS VIZINHOS DEVEM...	BONS VIZINHOS **NÃO** DEVEM...
....	....
....	....
....	....

4 Imagine um final para a história da toupeira e dos saguis no qual os personagens vivam sem brigas. Desenhe-o nos quadros a seguir.

5 Você conhece muitos vizinhos no condomínio ou na rua em que mora? Costuma brincar com eles? Escreva abaixo algo que tenha vivenciado com amigos do bairro em que você vive, como festas, passeios ou brincadeiras.

6 Agora, você e os colegas vão construir a maquete de um bairro onde todos gostariam de viver.

a) Dividam-se em três grupos. Cada grupo ficará responsável por uma das tarefas a seguir:

- O **grupo A** construirá: casas, igrejas, prédios, escolas, mercados, lojas, restaurantes, etc.
- O **grupo B** construirá: árvores, flores, rios, praças, parques, etc.
- O **grupo C** construirá: ônibus, carros, trens, etc.

b) Material necessário para a construção da maquete.

- placa de isopor (base da maquete)
- **objetos recicláveis:** caixas de leite, caixinhas de fósforo, caixinhas de remédio, etc.
- papel para encapar as caixinhas
- canetinha hidrocor (cores variadas)
- tesoura com pontas arredondadas
- cola branca
- palitos de sorvete
- EVA (cores variadas)
- papel crepom (cores variadas)
- bonequinhos de plástico de animais e pessoas

Claudia Marianno/Arquivo da editora

c) Depois que cada grupo fizer sua parte, os três grupos vão reunir tudo o que foi confeccionado e, juntos, vão decidir como será montada a maquete do bairro ideal.

O TEMA É...

Convivendo com segurança

Quando estamos indo para a escola, voltando para casa, passeando de carro, precisamos prestar bastante atenção ao nosso entorno e seguir algumas regras:

- atravessar na faixa de segurança e no semáforo verde;
- andar na calçada;
- andar de mãos dadas com um adulto;
- não jogar lixo pelas janelas do carro ou do ônibus.

Observe as fotos e, depois, converse com os colegas.

1

skrotov/Shutterstock

2

Ernesto Reghran/Pulsar Imagens

3

CGN089/Shutterstock

- Descreva o que cada foto mostra.
- Na sua opinião, por que é importante seguir as regras?
- Nas linhas abaixo, escreva mais uma regra de segurança que devemos seguir.

....

....

....

UNIDADE 2
O NOSSO MUNDO

Bruna Assis Brasil/Arquivo da editora

Entre nesta roda

- Observe a cena com atenção, descreva-a e converse com os colegas sobre o que mais chamou a sua atenção e explique o motivo.
- O que precisamos para ser felizes?
- O que você faz para cuidar da natureza?

Nesta Unidade vamos estudar...

- A valorização da vida
- Nossa casa comum

HOTEL FAZENDA
MUSON-RIVER
1894

5 OLHANDO PARA TODOS OS LADOS

> Deus não pertence a nenhum povo.
> **Papa Francisco.**

Somos um povo que sonha, que acredita no amor, que luta por igualdade, liberdade religiosa, justiça e paz.

Somos diferentes e iguais e queremos, todos, a felicidade.

Leia o poema a seguir.

Simone Ziasch/Arquivo da editora

Com O escrevo ovo

Ovo é uma bela palavra,

Que se escreve com dois ós.

Pondo um P na frente é Povo,

Que é o nome de todos Nós.

Palavras, muitas palavras..., de Ruth Rocha. São Paulo: Quinteto Editorial, 1998. p. 28.

- Converse com os colegas sobre o que você entendeu do poema.

Quem é ?

Fabio Guinalz/Fotoarena

A escritora brasileira de livros infantis Ruth Rocha nasceu em São Paulo em 1931. Ela escreveu mais de 130 livros. O mais famoso, **Marcelo, Marmelo, Martelo**, já foi traduzido para mais de 25 idiomas. Em 2002, ela recebeu o prêmio Jabuti pelo livro **Escrever e criar**.

Cada povo, uma cultura, uma crença!

Toda religião tem um líder que conduz os seus fiéis.

A fé da religião cristã é na Santíssima Trindade – ou seja, em Deus Pai, Filho (Jesus Cristo) e Espírito Santo, que são um único Deus.

Para os católicos, o líder religioso é o papa e, para os evangélicos, são os pastores e pastoras.

Há povos indígenas que acreditam em várias divindades, e seus chefes são os caciques e pajés.

Em algumas religiões de origem africana, Olorum é o deus supremo e, dependendo da religião, quem orienta os fiéis é o pai ou a mãe de santo.

Chris Jung/NurPhoto/Getty Images

Meninas malaias usando roupas tradicionais durante festival em Kuala Lumpur, na Malásia, em 2017.

Michele Ursi/Alamy/Fotoarena

Crianças lituanas com roupas tradicionais durante cerimônia nacional em Vilnius, na Lituânia, em 2019.

Grigorii Pisotsckii/Shutterstock

Menino nenet, povo nativo do norte da Rússia, usando roupas tradicionais no feriado nacional em Nadim, na Rússia, em 2017.

Sun_Shine/Shutterstock

Grupo de crianças muçulmanas aguardando ônibus escolar em Zanzibar, na Tanzânia, em 2018.

Chico Ferreira/Pulsar Imagens

Menino pataxó com vestimentas tradicionais na Reserva Pataxó da Jaqueira, em Porto Seguro, no estado da Bahia, em 2019.

- Explique, com suas palavras, o que significa a palavra “povo”.

Muitas pessoas sofrem por não serem compreendidas nem amadas porque são diferentes.

Não importa a religião. Para conviver com as diferenças do outro, devemos ter muito amor, amizade, respeito e desejo de ajudar.

Todos nós constituímos um só povo e é preciso compreender que cada um tem o direito de pensar e escolher e que todos nós temos a capacidade de amar, aceitar, transformar.

pagode: também chamado estupa, é um monumento budista construído sobre os restos mortais (geralmente cremados) de uma pessoa importante.

Visual Intermezzo/Shutterstock

Jovens monges budistas fazendo preces em frente a um monumento de Buda no pagode de Shwedagon, em Yangon, Mianmar, em 2019.

Monkey Business Images/Shutterstock

Saiba mais

Alimentos sagrados

Você sabia que algumas religiões têm regras para se alimentar e que alguns alimentos são considerados sagrados?

Para os praticantes do candomblé, o acarajé é um alimento sagrado. Sua origem vem de uma lenda sobre a relação de Xangô (orixá da justiça, dos raios e trovões e do fogo) com sua esposa Iansã (orixá dos ventos e tempestades). Para serem oferecidos a Xangô, os acarajés têm de ser grandes, redondos e fritos.

Para os praticantes do judaísmo, o pão ázimo, chamado de *matzá*, é um alimento sagrado, pois remete à fuga dos judeus do Egito, que até hoje é relembrada no *Pessach*, a páscoa judaica.

Paulo Vilela/Shutterstock

Acarajé é uma palavra iorubá: *akará* significa bola de fogo e *jé* significa comer.

David Cohen 156/Shutterstock

Pão ázimo é um pão assado feito apenas com farinha e água, sem fermento.

Atividades

1 As pessoas devem sempre procurar se amar e conviver felizes, aceitando as diferenças umas das outras. Pinte as placas que representam uma boa convivência entre as pessoas.

Lyudmyla Kharlamova/Shutterstock

2 A cultura de cada povo é diferente e não deve existir preconceito. Pinte as frases que você considera atitudes corretas.

- Afastar-nos das pessoas diferentes.
- Respeitar todas as tradições religiosas.
- Colocar-se no lugar do outro, tratando todos com respeito e igualdade.
- Acreditar que só você tem razão e sabe de tudo.

3 Escreva abaixo das imagens as respectivas ações de boa convivência descritas no quadro.

ouvir o outro	repartir	participar	oferecer ajuda

Belish/Shutterstock

VP Photo Studio/Shutterstock

....

....

ESB Professional/Shutterstock

wavebreakmedia/Shutterstock

....

....

4 Observe as imagens abaixo, descubra a qual religião pertencem os grupos de pessoas e identifique cada uma delas.

Sergio Pedreira/Pulsar Imagens

Godong/Universal Images Group/Getty Images

....

....

Ulet Ifansasti/Getty Images

corrie wingate/Alamy/Fotoarena

....

....

VOCÊ EM AÇÃO

Flexibilidade

Para vivermos bem em sociedade, respeito é fundamental.

Ser compreensivo, aceitar as diferenças e ser flexível e menos duro com as pessoas tornam a convivência agradável para todos.

Leia a fábula a seguir.

Simone Ziasch/Arquivo da editora

O carvalho e o caniço

O carvalho, que é sólido e imponente, nunca se curva com o vento.

Vendo que o caniço se inclinava todo quando o vento passava, o carvalho lhe disse:

— Não se curve, fique firme, como eu faço.

O caniço respondeu:

— Você é forte, pode ficar firme. Eu, que sou fraco, não consigo.

Veio então um furacão. O carvalho, que enfrentou a ventania, foi arrancado com raízes e tudo. Já o caniço se dobrou todo, não opôs resistência ao vento e ficou em pé.

O carvalho e o caniço, de Esopo. In: **Alfabetização: livro do aluno**, de Ana Rosa Abreu et al. Brasília: Fundescola/SEFMEC, 2000. p. 107.

1 Procure no dicionário as palavras desconhecidas e anote o significado delas abaixo.

....

....

2 Converse com os colegas sobre como o frágil caniço resistiu ao furacão e o grande e forte carvalho não.

A resiliência é a capacidade de nos reerguermos depois de uma adversidade.

A flor de lótus, símbolo do budismo, é considerada um símbolo de resiliência, pois nasce da lama.

Amrapali/Shutterstock

Flor de lótus.

Taweepat/Shutterstock

Buda sobre a flor de lótus significa que ele atingiu a iluminação, a pureza.

photomak/Shutterstock

A principal postura da meditação é a posição de lótus.

3 Em grupos de, no máximo, seis pessoas, pesquisem na internet ou na biblioteca os seguintes símbolos de resiliência, renascimento, mudança.

- Árvore da Vida
- Ankh
- Borboleta
- Fênix
- Símbolo do infinito

6 NATUREZA, A BELEZA QUE ENCANTA

Quando passeamos com a família ou os amigos em um parque, quando viajamos para a praia ou para uma chácara, mesmo em um dia chuvoso, há beleza em tudo isso. É sempre gratificante olharmos ao nosso redor e contemplarmos a natureza que nos cerca em cada detalhe.

Leia o poema a seguir.

Simone Ziasch/Arquivo da editora

Paraíso

Se esta rua fosse minha,
eu mandava ladrilhar,
não para o automóvel matar gente,
mas para criança brincar.

Se esta mata fosse minha,
eu não deixava derrubar.
Se cortarem todas as árvores,
onde é que os pássaros vão morar?

Se esse rio fosse meu,
eu não deixava poluir.
Jogue esgotos noutra parte,
que os peixes moram aqui.

Se esse mundo fosse meu,
eu fazia tantas mudanças
que ele seria um paraíso
de bichos, plantas e crianças.

Poemas para brincar, de José Paulo Paes.
São Paulo: Ática, 2004. p. 10.

Quem é ?

Cláudia Guimarães/Folhapress

José Paulo Paes, poeta e crítico literário, nasceu em 1926, em Taquaritinga, no interior do estado de São Paulo. Farmacêutico por muitos anos, em 1981 se aposentou para dedicar-se apenas à literatura. Em 1986, entrou no universo da poesia infantil. Alguns de seus livros para o público infantil são **Uma letra puxa a outra** e **Poemas para brincar**. Em 1991 recebeu o prêmio Jabuti de melhor obra infantil e juvenil. Faleceu em 1998.

- Depois de ler o poema, responda: Na sua opinião, o que é o Paraíso?

A natureza é bela!

Veja como os espaços naturais são modificados pelos seres humanos em busca de qualidade de vida.

Podemos aproveitar toda a natureza, presente que o Criador nos deu, mas devemos ter o cuidado para não destruir sua beleza!

A saída da escola, pintura da artista paulistana Ana Maria Dias (1946-).

1 Que espaço você acha que a artista representou na obra?

2 Você conhece um lugar parecido? Conte aos colegas!

Saiba mais +

A natureza é sagrada

Praças, parques e praias são espaços públicos, são bens para todos nós! Neles nos reunimos para nos divertir, meditar e contemplar a natureza.

Espaços sagrados são lugares de práticas religiosas, onde as pessoas se conectam com o Criador. São espaços de devoção.

Eduardo Anizelli/Folhapress

- Estar em contato com a natureza faz bem para o corpo, para a mente e para o espírito. Para muitos povos, a proximidade com a natureza também nos aproxima do Criador. Grupos descansando no parque do Ibirapuera, em São Paulo, em 2018.

paha1205/Shutterstock

- A natureza beneficia as pessoas com seus cheiros, sons e sensações e proporciona o contato com o Criador. Na foto, um monge budista medita diante de cachoeira no Parque Nacional Phu Chong-Na Yai, no Vietnã.

Ricardo Teles/Pulsar Imagens

- Devotos fazem oferendas e se banham nas águas de cachoeira no Vale dos Orixás, em São Bernardo do Campo, estado de São Paulo. O local fica em meio a mata atlântica, com muitas plantas e animais. Foto de 2019.

Atividades

1 Assinale os quadrinhos que mostram atitudes de cuidados que devemos ter com a natureza.

Depois, comente com os colegas as atitudes dos seres humanos que prejudicam o meio ambiente.

Ilustrações: Claudia Marianno/Arquivo da editora

☐

☐

☐

☐

☐

☐

2 Em casa ou na escola, devemos usar a água com consciência e sem desperdício. Imagine se ela acabasse! Converse com a turma sobre as atitudes a seguir.

Ilustrações: Claudia Marianno/Arquivo da editora

....

....

....

....

....

....

- Agora, registre abaixo de cada cena o que deve ser feito para economizar água em cada caso.

3 Converse com os colegas e o professor sobre os lugares públicos em que você gosta de passear com sua família e sobre o lugar sagrado que frequenta.

Agora represente esses espaços por meio de desenhos!

Espaço público

Espaço sagrado

O TEMA É...

Mãe natureza

Se chamamos o Criador de pai, a natureza chamamos de mãe.

A natureza está presente em todas as religiões; todas pregam seu cuidado.

Para povos indígenas, como os Kalankó, a floresta é onde os encantados habitam. Os encantados são os antepassados que, ao morrerem, tornaram-se parte da natureza.

Para os Kalankó, os encantados estão diretamente ligados à cura e à prevenção de doenças.

Para cristãos católicos, São Francisco de Assis é considerado protetor dos animais, e em 1979 o papa João Paulo II proclamou-o santo patrono dos ecologistas.

Alexandre Ferraz Herbetta/Acervo do fotógrafo

Ritual Praiá dos Kalankó em Lajeiro do Couro, no estado do Alagoas, 2001.

1 Na sua opinião, é preciso praticar alguma religião para preservar a natureza?

2 Leia o trecho a seguir do **Cântico das criaturas** e explique-o com suas palavras.

Louvado sejas, meu Senhor.
pela irmã água, útil e humilde,
preciosa e casta.
[...]

Louvado sejas, meu Senhor.
pela nossa irmã, a mãe terra,
que nos sustenta e governa,
produz frutos diversos,
flores e ervas.
[...]

Cântico das criaturas, de São Francisco de Assis. Disponível em: <www.paroquias.org/oracoes/?o=133>. Acesso em: 16 dez. 2019.

lucas nishimoto/Shutterstock

Imagem de São Francisco de Assis, considerado padroeiro dos animais, da natureza e dos mais pobres e vulneráveis.

7 VIVER É MUITO BOM!

> Vida longa eu lhe darei, e lhe mostrarei a minha salvação.
>
> **Salmo 91,16**

Diariamente muitos animais são abandonados nas ruas, seja porque estão velhos, seja porque estão doentes, seja simplesmente porque as pessoas não querem mais aquele animalzinho.

Todos os seres vivos são importantes e merecem cuidado e respeito.

Leia o poema a seguir.

O valor de uma vida

Na praia a menina
achou uma concha,
conchinha lindinha,
de arrepiar.

No dia seguinte,
as suas amigas
daquela conchinha
iriam gostar.

Mas dentro da concha
havia um bichinho,
vivo, vivinho,
a respirar.

"Se eu levo essa concha,"
pensou a menina,
"a vida do bicho
vai se acabar".

"Se eu levo essa concha
o bicho não vive,
mas minhas amigas
vão me elogiar."

"Se eu levo essa concha,
se eu mato esse bicho,
com esse elogio,
eu vou me alegrar?"

"Se eu deixo a conchinha,
se eu salvo uma vida
ninguém vai saber,
mas eu vou gostar."

Então a menina,
com muito cuidado,
deixou a conchinha
nas águas do mar...

Pedro Bandeira. Disponível em: <www.bibliotecapedrobandeira.com.br/pdf/o_valor_de_uma_vida.pdf>. Acesso em: 18 dez. 2019.

- Você já adotou ou conhece alguém que tenha adotado algum animalzinho abandonado? Qual é a sensação de ajudar e até mesmo de salvar a vida de um animalzinho? Converse com os colegas.

Ilustra Cartoon/Arquivo da editora

Os animais e as religiões

Para os cristãos católicos, a pomba branca simboliza o Espírito Santo. Na mitologia egípcia, os deuses tinham traços de animais; por exemplo, o principal deus egípcio tinha a cabeça de uma ave de rapina e o gato era considerado um animal sagrado, por auxiliar os egípcios a combater a praga de ratos.

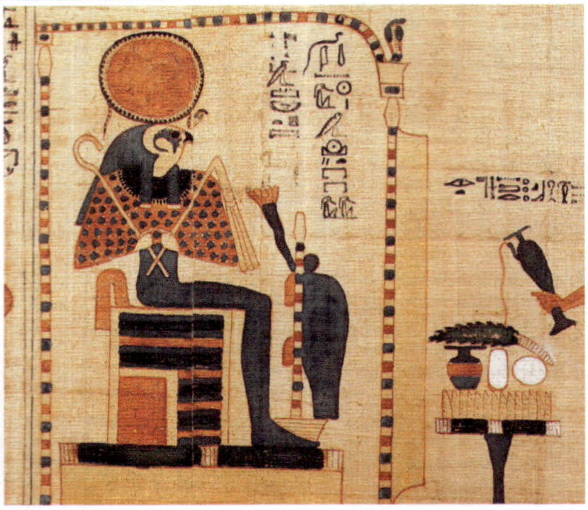

G. Dagli Orti/De Agostini/ Glow Images/Museu do Louvre, Paris, França.

Papiro egípcio de cerca de 945 a.C.-712 a.C. representando uma das formas de Rá, deus do Sol, com cabeça de falcão.

Bridgeman Images/Keystone Brasil/Museu do Louvre, Paris, França.

Gato mumificado no Egito de cerca de 715 a.C.-332 a.C.

Ainda hoje há religiões que cultuam animais — é o caso dos hinduístas, que consideram a vaca um animal sagrado. Na Índia, esse animal não pode ser abatido e tem livre passagem.

Rahul Raut/Hindustan Times/Getty Images

Crianças indianas prestam homenagem à vaca, considerada um animal sagrado, em Pune, na Índia, em 2018.

Saiba mais +

Celebrando a fé

Ao celebrar o Vesak, os praticantes do budismo vão ao templo, com grande alegria, celebrar o nascimento de Buda e levar velas, flores e incenso como oferendas para colocá-las aos pés da estátua de Buda.

oky prasetya aji pratikno/Shutterstock

O dia de Vesak geralmente acontece no mês de maio. Nessa época, os budistas realizam atos de generosidade (Dañña), como doação de sangue e de alimentos. Pessoa decorando o Templo de Mendut, na ilha de Java, na Indonésia, em 2018.

Para os praticantes da umbanda e do candomblé, dia 27 de setembro é dedicado aos orixás Ibejis (conhecidos como Cosme e Damião), filhos gêmeos de Xangô e Iansã. Nesse dia, os devotos preparam o caruru dos santos (cozido de quiabo) e distribuem doces.

Ricardo Teles/Pulsar Imagens

Celebração de Cosme e Damião no Vale dos Orixás. Nesse dia, o espaço é enfeitado com balões coloridos e doces. São Bernardo do Campo, no estado de São Paulo, em 2019.

Os praticantes do islamismo se reúnem em uma grande festa para celebrar o fim do Ramadã. O Ramadã dura cerca de 30 dias, e nesse período os muçulmanos devem praticar o jejum ao longo do dia. Eles realizam apenas duas refeições por dia: *su-hoor* (café da manhã) e *iftar* (no fim do dia).

Yelena Afonina/TASS/Getty Images

Muçulmanos durante *iftar* na área externa da mesquita Akhmad Kadyrov em Grozny, capital da Chechênia, em 2019.

Atividades

1 Viver com o outro é respeitar seus espaços sagrados. Observe as cerimônias religiosas abaixo e marque com um **X** a que ocorre em um espaço parecido com o que você frequenta com sua família.

☐

Jeovane Vicente/Futura Press

Procissão de *Corpus Christi* em Taboão da Serra, no estado de São Paulo, em 2019. Nesse dia os católicos saem às ruas com a hóstia consagrada, abençoando ruas, casas e povo.

☐

Kyodo News Stills/Getty Images

Joya no kane, cerimônia budista das 108 baladas no templo Chion-in em Quioto, Japão, em 2018. As badaladas são realizadas na virada de um ano para o outro para que todos comecem o ano purificados.

☐

Eitan Simanor/Alamy/Fotoarena

Celebração de casamento judaico em Joanesburgo, na África do Sul, em 2020. Na festa os noivos são erguidos durante o canto do *Hava Nagila*, expressão em hebraico que significa "alegremo-nos". É uma música alegre cantada em vários momentos festivos.

- Agora complete:

A religião da minha família é a ....

2 É preciso viver com alegria, cantar e sorrir, celebrar a vida. Escolha algumas palavras do quadro abaixo e escreva uma quadrinha.

preservar	**saber**	**agradecer**	**comemorar**
perdoar	**viver**	**respeitar**	**arrepender**

....

....

....

....

3 Complete a frase.

Para mim, a vida é ....

4 Quando assistimos a noticiários ou lemos o jornal, percebemos que todos os dias acontecem coisas boas e coisas não tão boas no mundo. Converse com os colegas sobre as atitudes que tornam a vida melhor, mais feliz e nos aproximam do Criador.

a) Tragam para a sala de aula um jornal da semana.

b) Formem trios, confiram as manchetes (títulos das notícias) levantando hipóteses sobre o seu teor, selecionem e recortem duas manchetes que mais lhes chamarem a atenção.

c) O professor vai afixar na parede da sala uma folha de papel *kraft*, e dividi-la ao meio. De um lado vai escrever BOAS NOTÍCIAS e, do outro, vai escrever NOTÍCIAS QUE NÃO DEVERIAM ACONTECER.

d) Leiam as manchetes em voz alta e colem-nas no espaço adequado.

e) Por fim, observem o cartaz confeccionado e reflitam sobre as notícias.

5 Resolva a cruzadinha com as palavras que estão dentro dos corações.

alegria

paz

paciência

fidelidade

bondade

amizade

solidariedade

respeito

Nitiwa/Shutterstock

VOCÊ EM AÇÃO

Livros sagrados

A vida é para ser vivida com alegria e prazer.

Cada povo tem seu modo de rezar e agradecer e, geralmente, encontra no livro sagrado a alegria de viver.

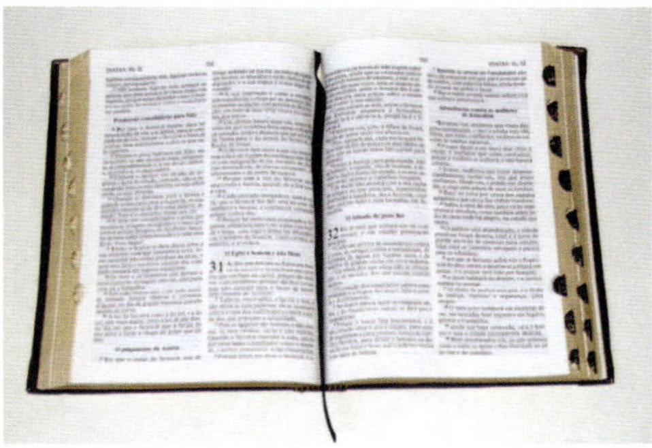

Júlio Costa/Futura Press

Bíblia, livro sagrado para os cristãos.

Muhammad afiq abdul patah/Shutterstock

Alcorão, livro sagrado para os muçulmanos.

Bahringer Monty/Shutterstock

Torá, livro sagrado para os judeus.

Bridgeman Images/Keystone Brasil/Museu Oriental da Universidade de Durham, Inglaterra.

Cena de batalha do Mahabharata, o principal livro sagrado dos hindus.

Bridgeman Images/Glow Images/ Biblioteca Britânica, Londres, Inglaterra.

Sutra do diamante – escritura sagrada dos budistas.

- Para a próxima aula, traga uma passagem do livro sagrado que sua família tem para compartilhar com os colegas.

8 CUIDANDO DO FUTURO

Sonhar com o futuro é um direito de todos, e lutar por um futuro melhor é dever de todos nós, por isso é importante respeitar a vida e a natureza.

Ilustra Cartoon/Arquivo da editora

Atitudes simples podem ajudar a cuidar do futuro!

Fazendo a sua parte, você estará construindo um mundo melhor!

As tradições religiosas se preocupam com o futuro e nos ensinam a cuidar do mundo e da natureza.

Em 2019, a Organização das Nações Unidas (ONU) Meio Ambiente lançou a campanha Fé pelas Florestas com o objetivo de unir as religiões em prol da preservação das Florestas Tropicais e em defesa dos povos indígenas e tradicionais, considerados guardiões das florestas.

Chico Ferreira/Pulsar Imagens

Indígena da etnia Pataxó durante ritual na aldeia Pataxó Jaqueira, em Porto Seguro, estado da Bahia, em 2019. Os povos indígenas são agentes fundamentais para a preservação ambiental.

Reprodução/https://faithsforforests.com

Você sabia? As Florestas Tropicais abrigam a maior diversidade de vida do planeta Terra. Muitas das espécies encontradas em Florestas Tropicais existem em uma área geográfica limitada e não são encontradas em nenhum outro lugar do mundo, tornando-as vulneráveis à extinção quando seus *habitat* são ameaçados pelo desmatamento. (Tradução livre feita especialmente para esta obra.)

- Converse com os colegas sobre o que vocês podem fazer para ajudar a salvar o planeta.

Pensando no futuro

O ser humano tem se preocupado bastante com o fenômeno do aquecimento global.

Os governantes estão atentos, e os cientistas se dedicam cada vez mais ao estudo de medidas que podem diminuir os efeitos desse fenômeno. Mas nós também temos de fazer nossa parte.

Nós precisamos pensar no futuro.

Nós precisamos mudar de atitude.

Precisamos nos conscientizar de que as geleiras estão derretendo e muitos animais e plantas estão sofrendo.

Todo dia você pode fazer algo para cuidar do futuro e do mundo em que vivemos. Precisamos:

- emitir menos gases poluentes;
- produzir menos lixo;
- reciclar;
- economizar água e energia elétrica;
- proteger nossas matas e nossos animais;
- não poluir.

Hari_Aprianto/Shutterstock

Atitude é tudo! O planeta está cada vez mais quente!

Ademar Filho/Futura Press

Voluntários e operários fazem limpeza de mancha de óleo em praias de Recife, no estado de Pernambuco, em 2019.

Atividades

1 O que você pode fazer para que o futuro seja melhor?

....

....

2 Escreva **C** para frases que você considera corretas e **I** para as frases que considera incorretas.

- [ ] O Criador deu a vida ao ser humano para que ele seja feliz.
- [ ] O futuro depende da humanidade.
- [ ] A vida do ser humano não é importante.
- [ ] Precisamos lutar para que haja um futuro melhor.

- Agora, converse com os colegas sobre cada frase.

3 Ordene as sílabas e descubra a frase secreta. Depois, escreva-a na linha.

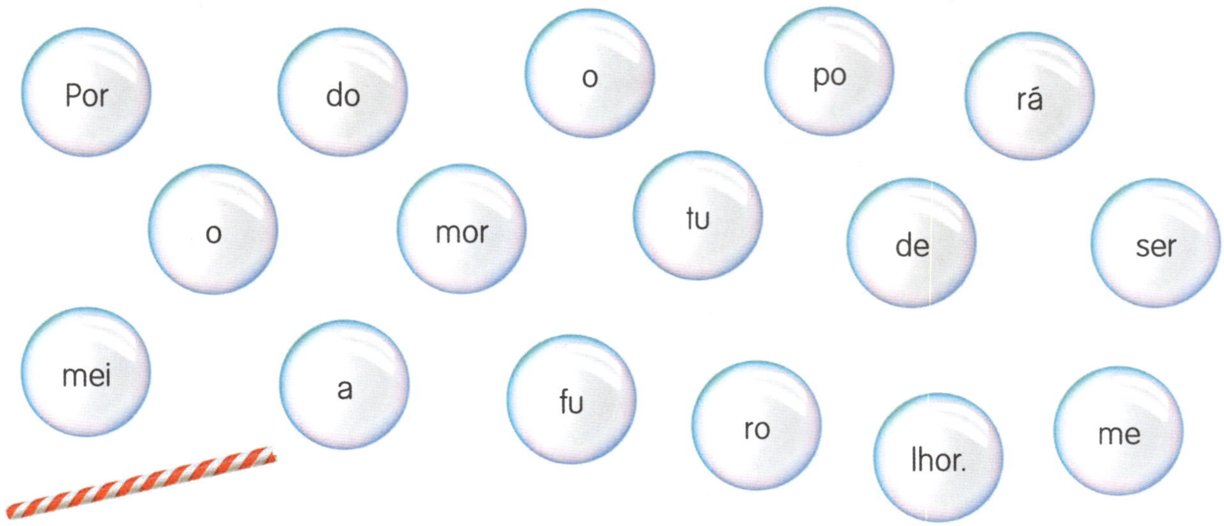

Nsit/Shutterstock

koya979/Shutterstock

....

4 Relacione cada frase à cena correspondente.

1. Cuido do planeta e recolho o lixo.
2. Planto uma árvore para agradar ao Criador.
3. Não desperdiço água, porque todos os seres vivos precisam dela.
4. Agradeço ao Criador por ter me dado um mundo com tantas maravilhas!

Ilustrações: Claudia Marianno/Arquivo da editora

5 Faça a atividade *Colocando em ordem* da **página 11** do **Caderno de criatividade e alegria**.

O TEMA É...

Construir o futuro

> O nosso corpo é constituído pelos elementos do planeta; o seu ar permite-nos respirar e a sua água vivifica-nos e restaura-nos.
>
> **Papa Francisco.**

Deus criou o mundo e tudo que nele há. Deu-nos inteligência para cuidarmos do presente e prepararmos o futuro.

Com nossa sabedoria, somos capazes de fazer escolhas como evitar o desperdício de água, preservar as florestas e os animais, cuidar de nossa "casa comum": o mundo.

Com o professor, leia o trecho a seguir do discurso do papa Francisco feito em 2018.

Peter Leone/Futura Press

Lançamento do programa SP Cidade Verde, no Parque do Carmo, visando à distribuição e plantação de 150 mil mudas em praças, parques e ruas de São Paulo, em 2017.

> [...] Hoje, [...] a "casa comum", que é o nosso planeta, tem urgente necessidade de ser reparado e garantido para um futuro sustentável.
>
> Nas últimas décadas, a comunidade científica elaborou [...] avaliações cada vez mais exatas. "O ritmo de consumo, desperdício e alteração do meio ambiente superou de tal maneira as possibilidades do planeta, que o estilo de vida atual — por ser insustentável — só pode desembocar em catástrofes, como aliás já está a acontecer periodicamente em várias regiões". Existe o perigo real de deixar às gerações vindouras escombros, desertos e imundície.

Discurso do Papa Francisco aos participantes na Conferência Internacional por ocasião do 3º aniversário da encíclica "Laudato Si". Disponível em: <http://w2.vatican.va/content/francesco/pt/speeches/2018/july/documents/papa-francesco_20180706_terzoanniversario-laudatosi.html>. Acesso em: 17 dez. 2019.

1 Após observar a imagem e ler o texto, converse com os colegas sobre o assunto.

2 Pesquise em jornais, revistas ou na internet reportagens sobre a natureza e as traga para serem lidas em sala de aula.

UNIDADE 3

O PRÓXIMO PARA AMAR

Entre nesta roda

- Observe a ilustração e identifique alguma festa religiosa de que você já tenha participado.
- Como você costuma fazer suas orações?
- Como você gosta de falar com seus amigos?

Nesta Unidade vamos estudar...

- Festas religiosas
- Palavras que conquistam
- A alegria de ter amigos
- O direito de brincar

Ilustrações: Bruna Assis Brasil/Arquivo da editora

9 FAZENDO DESCOBERTAS

> Deus não pertence a nenhum povo.
>
> **Papa Francisco.**

Podemos construir um mundo melhor se respeitarmos mais aquilo que as pessoas acreditam e como vivem, se nos unirmos às pessoas para fazer o bem, se aceitarmos as diversidades, entre outras atitudes.

Leia o texto abaixo.

> Será que Ele está no céu? Ou está em todos os lugares? E o mundo? Por que existe? Quem o criou?
>
> Fazemos tantas perguntas... E queremos tantas respostas...
>
> Não importa a crença, os seres humanos sempre buscam respostas para essas perguntas.
>
> Buscam uma religiosidade e uma divindade a quem orar e agradecer.

Texto elaborado pelas autoras especialmente para esta obra.

Ilustra Cartoon/Arquivo da editora

Festividades e símbolos

As religiões têm diversas datas festivas. Participar dessas celebrações coletivas é uma maneira de nos aproximar de nossos irmãos, de adorar o Criador e agradecer pelas bençãos que recebemos.

Durante as festividades, muitas vezes são usados símbolos religiosos que têm o intuito de nos conectar com o divino, de mostrar e reforçar nossos valores e crenças.

Astrid Riecken/The Washington Post/Getty Images

Os cristãos comemoram na Páscoa a Ressurreição de Jesus Cristo, que, no terceiro dia de sua crucificação, venceu a morte. Os ovos e o coelho simbolizam o nascimento da vida e a esperança. Crianças estadunidenses caçando ovos enfeitados na manhã do domingo de Páscoa em Washington, D.C., Estados Unidos, em 2019.

Alex Wong/Getty Images

Os judeus comemoram o Chanucá (Festival das Luzes). Esse festejo é realizado por oito dias em memória à libertação de seu povo do domínio dos gregos. A menorá, ou candelabro de 7 braços, representa os arbustos em chamas que Moisés viu no alto do Monte Sinai. Crianças em Washington, D.C., Estados Unidos, em 2018.

Marcos Amend/Pulsar Imagens

O povo Enawenê-nawê tem apenas uma aldeia, localizada no estado de Mato Grosso. O ritual Yaokwa, um dos mais importantes para eles, dura aproximadamente sete meses. Nesse ritual, eles se dividem em grupos, cada um com uma tarefa diferente e, durante esse período, são preparadas oferendas para os Yakairiti, seres naturais condenados a viver famintos. Por isso, os Enawenê-nawê oferecem diversos alimentos disponíveis. Foto de 2020.

Reprodução/Câmara Municipal de São Luís, MA

Em setembro, adeptos de religiões de matriz africana, como umbanda e candomblé, fazem uma procissão levando imagens de São Luís, rei da França, e de orixás, como Iansã, Oxum e Oxóssi, até a Igreja do Desterro, na cidade de São Luís, estado do Maranhão. As pessoas usam vestes brancas e carregam vasos brancos com flores brancas para simbolizar a paz. Foto de 2019.

- Agora, converse com os colegas. Quais dessas manifestações você conhece? Você já participou de alguma? De qual?

Atividades

1 Nas festas religiosas, conhecemos muitas pessoas, músicas e danças diferentes. Aprendemos sobre as tradições religiosas e partilhamos muitas comidas. Marque um **X** nas celebrações religiosas das quais você já participou.

Ilustrações: Simone Ziasch/Arquivo da editora

2 Os símbolos representam e identificam as religiões. Eles aproximam o ser humano do transcendente. Observe, abaixo, alguns símbolos religiosos e pinte-os.

Cruz.

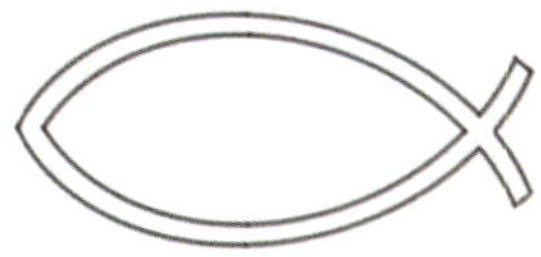

Ichthys.

Ilustrações: Simone Ziasch/Arquivo da editora

Sino.

Vela.

Pomba.

Árvore de Natal.

- Agora, escolha dois dos símbolos acima e, em casa, com seus pais ou responsáveis, faça uma pesquisa para descobrir o significado dos símbolos que você selecionou. Traga sua pesquisa para a sala de aula para compartilhar com os colegas.

VOCÊ EM AÇÃO

Criando nosso símbolo

Fizemos várias descobertas: conhecemos festas, tradições e símbolos de diversas religiões e descobrimos que os símbolos podem nos representar, representar nossa fé.

Agora, que tal criar um símbolo da turma?

1 Pense nas características da turma e escreva-as ao lado.

2 Das características mencionadas ao lado, selecione uma palavra que, na sua opinião, represente a turma.

3 Reúna-se em grupo com quatro colegas e compartilhem as palavras escritas da atividade 2. Registre em uma folha à parte a palavra que o grupo escolheu.

4 Conversem sobre imagens que representem a palavra escolhida e pensem em formas e cores para ilustrá-la. Finalizem a ilustração do símbolo em uma folha à parte para apresentá-lo e explicá-lo à turma.

5 Façam uma votação para escolher o símbolo que melhor representa a turma e deem um nome a ele.

6 Por fim, copie no espaço ao lado o símbolo da sua turma e escreva o nome dele.

10 O SEGREDO DA PALAVRA

> Procedei com sabedoria no trato com as pessoas. Sabei aproveitar todas as circunstâncias. Que as vossas palavras sejam sempre amáveis, temperadas com sal, e sabei responder a cada um devidamente.
>
> **Carta aos Colossenses 4,5-6**

Usamos palavras para expressar nossos sentimentos...

As palavras têm poder, ninguém pode negar.

Leia o texto a seguir.

Elefantinho malcriado

Um bebê elefante
bonitinho e dengoso, mas também muito teimoso,
de vez em quando ficava furioso.
E, nessas horas, fazia cada tromba... O pai dizia:
— Não faça isso!
Ele respondia:
— Faço, porque faço, porque faço!
Teimava e fazia mesmo.
A mãe chamava para tomar banho
[e vir jantar.
Você acha que ele ia?
Quase sempre acabava indo.
Mas antes tinha de responder:
— Não vou, não vou e pronto.

Ilustra Cartoon/Arquivo da editora

O elefantinho malcriado, de Ana Maria Machado. São Paulo: Nova Fronteira, 1986. p. 8-11.

1 Converse com os colegas sobre a atitude do elefantinho.

2 O que ele poderia fazer para explicar aos pais os seus desejos naquele momento?

Boas palavras

> A Palavra de Deus tem uma força irresistível. Ela é a mais poderosa arma que existe; arma de conquista, arma de transformação, muito mais poderosa que a bomba atômica. A palavra reveladora é um verdadeiro tesouro de influência e de possibilidade para fazer o bem.
>
> **Arautos do Evangelho, n. 141, 2013.**

É importante prestar atenção no que escrevemos, no que falamos e na forma como falamos.

Há palavras...

... que alegram

... que perdoam

... que machucam

... que agradam

Colorfuel Studio/Shutterstock

... que destroem

... que ensinam

... que acolhem

1 Na sua opinião, é importante pensar antes de falar? Justifique sua resposta.

2 Você costuma ser sincero e falar a verdade? Qual é a sua opinião sobre contar mentiras?

Expressão, comunicação, oração

Os seres humanos se comunicam além das palavras. A comunicação também se dá por meio de nossas ações, nossos gestos, da expressão do nosso rosto, no comércio, na comunidade, no trânsito, na família, na escola, no ambiente sagrado...

Ilustrações: Claudia Marianno/Arquivo da editora

Existem várias maneiras de conversar com o Ser Supremo. Podemos fazer isso cantando ou em silêncio.

Devemos ter cuidado com nossas expressões e nossos gestos, pois eles, assim como as palavras, podem magoar ou criar simpatia.

Especialmente em um ambiente sagrado, devemos evitar gestos amplos e movimentos excessivos a fim de nos concentrarmos e elevarmos nossos pensamentos, orações e súplicas ao Criador. E, pela palavra, podemos nos dirigir a Ele pedindo que as pessoas se entendam e se respeitem mais.

Star Tribune/Getty Images

Coral estadunidense cantando música *gospel* na Pilgrim Baptist Church, em Minnesota, nos Estados Unidos, em 2015. A palavra *gospel* vem da junção de duas palavras em inglês, *god* e *spell*, que significam, respectivamente, "Deus" e "anunciar", e pode ser traduzida como "boa nova", "boa mensagem".

Cada tradição religiosa tem gestos específicos para louvar e agradecer.

Os budistas fazem suas preces diante da imagem de Buda, cercado de velas, incenso e flores. Com as palmas das mãos unidas, eles se ajoelham e se curvam três vezes diante da imagem.

Os católicos geralmente rezam o Pai Nosso e a Ave Maria (orações principais) ajoelhados e com as palmas das mãos unidas.

junpinzon/Shutterstock

Devotos católicos rezando de joelhos na Catedral Nossa Senhora da Paz e da Boa Viagem, em Antipolo, nas Filipinas, em 2019.

Os muçulmanos rezam todos os dias em 5 horários determinados. Durante a oração, os fiéis se inclinam para a frente, até que a testa toque o tapete especial para esse ritual, em sinal de respeito ao Criador.

PLOO Galary/Shutterstock

Muçulmanos fazendo suas preces na Grande Mesquita de Medan, em Medan, na Indonésia, em 2018.

- Conte para os colegas como você costuma conversar com Deus.

Atividades

1 Complete as frases com as palavras do quadro.

falamos	pessoas	falar

Precisamos pensar antes de .... e agir.

Porque o que .... ou fazemos pode

nos prejudicar ou prejudicar outras ....

2 Como você age quando sua mãe pede algo a você?

- [ ] Larga tudo e vai rapidamente.
- [ ] Demora um pouco, reclama e vai.
- [ ] Responde: Não vou, não vou e pronto!
- [ ] Responde: Já vou! E não vai.

Lucien Fraud/Shutterstock

3 Há palavras que nos fazem sentir bem e outras que nos fazem sentir mal. Qual é a sua reação quando alguém fala baixinho com você, pede-lhe licença, fala "por favor" ou "muito obrigado"?

- [ ] Sinto-me respeitado, alegre e agradecido.
- [ ] Sinto-me triste.
- [ ] Fico revoltado e com raiva.

malosdedos/Shutterstock

4 Encontre no diagrama a seguir as expressões que nos fazem sentir bem.

Desculpe-me	Com licença	Muito obrigado
Volte logo	Vá com Deus	

B	G	U	K	S	B	V	S	A	Q	W	E	R	T
R	F	H	L	O	H	D	F	H	K	J	M	L	F
V	A	Z	C	G	I	J	L	M	C	N	B	V	C
Á	I	V	O	L	T	E	*	L	O	G	O	E	R
*	Z	D	X	C	V	B	N	J	M	F	D	S	A
C	X	C	H	V	B	N	M	L	*	K	I	U	T
O	D	F	G	H	J	K	I	T	L	E	R	T	Y
M	U	I	T	O	*	O	B	R	I	G	A	D	O
*	F	G	A	S	D	F	G	H	C	J	I	U	Y
D	R	D	E	S	C	U	L	P	E	-	M	E	I
E	V	C	B	N	J	L	O	R	N	E	G	U	Q
U	Z	S	D	F	G	H	J	K	Ç	I	T	E	A
S	A	X	C	V	B	N	M	L	A	U	R	D	U

5 Forme uma frase com uma das expressões da atividade anterior.

....

....

....

....

....

6 Muitas vezes, para vender, alugar ou trocar qualquer objeto, as pessoas recorrem aos classificados de um jornal ou da internet, não é mesmo?

Agora, em grupo, vocês vão criar anúncios sem utilizar as palavras **comprar**, **vender** ou **trocar**. Escolha uma palavra de cada quadro e crie anúncios diferentes.

respeito	paz	amor	amizade	diálogo

procurar	propor	oferecer	encontrar	doar
pedir	precisar	convidar	criar	

O TEMA É...

Palavra: o principal instrumento

Griots ou *djelis* são figuras muito importantes de países africanos como Mali, Guiné, Gâmbia e Senegal.

Há *griots* músicos, contadores de histórias, mediadores de conflitos, mensageiros, guardiões das tradições.

Eles conhecem muito bem a história de seu povo, seus mitos e canções e transmitem seus conhecimentos oralmente.

A palavra também é muito importante na cultura indígena brasileira. Para os Guarani Mbya, por exemplo, a transmissão oral é o modo mais eficiente para a educação das crianças e para a transmissão de conhecimentos.

O canto é uma das formas de entrar em contato com a divindade.

Jack Vartoogian/Getty Images

Griot músico gambiano, Foday Musa Suso, tocando cora em Nova York, Estados Unidos, em 2015.

Fabio Colombini/Acervo do fotógrafo

Coral com crianças e jovens indígenas guaranis mbyas na Casa de Reza na aldeia Kalipety, em São Paulo, no estado de São Paulo, em 2017. Os mais velhos ensinam as crianças guaranis mbyas a cantar.

> A música indígena é transmitida dos mais velhos para as crianças de forma oral. Ela pode estar ligada a momentos especiais, como festas, rituais, narrativas míticas e também ao dia a dia da aldeia! Os povos também cantam para brincar, caçar, pescar [...].
>
> Os cantos e sons indígenas têm o poder de mexer com a gente, transmitindo emoções, ideias e outra percepção de mundo. [...]

A floresta também canta. **Povos indígenas do Brasil Mirim**. Disponível em: <https://mirim.org/floresta-tambem-canta>. Acesso em: 19 dez. 2019.

corá: instrumento musical, como uma harpa de 21 cordas, típico da África ocidental.

- Compartilhe com os colegas algo que você tenha aprendido com alguém mais velho ou uma história que uma pessoa mais velha lhe contou.

11 CONQUISTANDO AMIGOS

A amizade é um presente. Ter amigos faz bem para a alma, nos sentimos queridos, compreendidos, dividimos nossos medos e também nossas alegrias.

Leia o texto abaixo.

Diário de classe

Onde se esconde Carla?

— Na colina.

Onde corre Lina?

— Com Carla na colina.

Onde anda Ana?

— Na colina com Lina, Carla e Carolina.

Ah! Carolina,

amiga de tantas meninas!

Diário de classe, de Bartolomeu Campos de Queirós. São Paulo: Moderna, 1992. p. 16-17.

Ilustra Cartoon/Arquivo da editora

Quem é?

Carlos Roberto/Jornal Hoje em Dia/ Futura Press

Bartolomeu Campos de Queirós nasceu em Pará de Minas, no estado de Minas Gerais, em 1944. O escritor recebeu vários prêmios, como o Jabuti, o prêmio literário da Fundação Biblioteca Nacional e o Prêmio São Paulo de Literatura. Faleceu em 2012.

- De acordo com o poema, Carolina tem muitas amigas. Converse com os colegas e deem exemplos das qualidades que Carolina deve ter para ter tantas amigas.

O poder da amizade

Amigo nós conquistamos com carinho, boas palavras e respeito.

Convivendo com os amigos, aprendemos a repartir, cuidar, colaborar e ter boas maneiras.

Quando as pessoas conquistam nossa amizade, cuidamos delas com grande alegria!

Na escola ficamos com nossos amigos e professores por muito tempo!

Temos temperamentos diferentes: uns são brincalhões, outros são mais sérios ou tímidos.

Conviver com tanta diferença pode ser difícil às vezes, mas basta dialogar e saber ouvir para solucionarmos qualquer problema.

Claudia Marianno/Arquivo da editora

- Converse com o colega ao lado e diga o que você mais gosta nele. Ouça também o que ele mais gosta em você.

Os amigos de verdade se preocupam com a nossa felicidade.

Leia o texto a seguir:

A cigarra procurou sua amiga formiga!
Quando sentiu fome e frio...
E sua amiga lhe respondeu:

— "Ah, amiga cigarra trabalhei como ninguém...
Mas guardei para o futuro,
Para quando o inverno chegasse
Não passasse por apuro.

— Por sorte guardei para mim e também para ti,
Que encheu meu coração de alegria noite e dia.
Meu trabalho ficou leve, meu coração, tão feliz,
Reparto então com você, sem fazer economia!

Simone Ziasch/Arquivo da editora

A cigarra e a formiga, de Telma Guimarães. São Paulo: Estrela Cultural, 2018. p. 28-29.

Quem é?

Reprodução/Acervo da autora

Telma Guimarães, escritora de livros infantis e juvenis e cronista, nasceu em 1955, em Marília, no estado de São Paulo.

- Qual é o nome de seu melhor amigo? O que vocês mais gostam de fazer quando estão juntos?

Ser amigo é muito mais do que estar juntos, confiar no outro, desejar sua felicidade.

Ser amigo é estar disponível até mesmo quando estamos muito ocupados; é se preocupar com o outro e não medir esforços para ajudá-lo. Ser amigo é, acima de tudo, estar com o coração aberto para amar sem medida, perdoar, não sentir inveja nem ciúme.

Ser amigo é amar como Jesus amou...

Jesus nos deu a maior prova de amor quando se reuniu com seus discípulos, "seus amigos", na última ceia e disse:

> Este é o meu mandamento: amai-vos uns aos outros, como eu vos amo, ninguém tem maior amor do que aquele que dá a sua vida por seus amigos. Vós sois meus amigos, se fizerdes o que eu vos mando. Já não vos chamo servos, porque o servo não sabe o que faz o seu senhor. Mas chamei-vos amigos, pois vos dei a conhecer tudo aquilo que ouvi de meu Pai.

João 15,12-15

A Última Ceia, afresco do mestre italiano Leonardo da Vinci, c. 1495-1497.

- Escreva abaixo dois conselhos para manter um amigo.

....

....

....

Atividades

1 Para ter amigos precisamos ser...

....

....

2 Escreva no quadrinho o nome de um amigo ou de uma amiga.

....

- Agora, desenhe no quadro abaixo um presente que você gostaria de oferecer a esse amigo ou a essa amiga.

3 Leia as palavras abaixo e pinte aquelas que podem ajudar a criar uma nova amizade.

proteger	maltratar	amar	ciúme
repartir	respeitar	brincar	inveja

4 Quando somos amigos de alguém, conhecemos um pouco dos seus gostos. Forme dupla com um amigo da sala e preencham o questionário abaixo. Depois, mostre suas respostas ao amigo, para que ele diga o que você acertou.

Nome do(a) amigo(a): ....

....

Comidas favoritas: ....

....

Brinquedos e brincadeiras favoritos: ....

....

Filme de que ele(a) mais gostou: ....

....

....

O que vocês gostam de fazer juntos? ....

....

....

Onde e como vocês se conheceram? ....

....

....

....

5 Preencha a cruzadinha com as palavras que ajudam a conquistar amigos.

alegria	gentileza	sinceridade	respeito
carinho	humildade	amor	

Lyudmyla Kharlamova/Shutterstock

VOCÊ EM AÇÃO

Despertando uma nova amizade

tcsaba/Shutterstock

Além da nossa família, os amigos são pessoas muito especiais que fazem parte da nossa vida.

Eles são presentes que devemos cuidar com carinho.

Amigo nós cativamos.

Robin Jerstad/ZUMA Press/Alamy/Fotoarena

No amigo, nós podemos confiar, pois está sempre pronto a nos escutar, sorrir ou chorar conosco.

O amigo está sempre ao nosso lado, ele nunca trai nossa confiança e se preocupa com nossa felicidade.

Monkey Business Images/Shutterstock

Ninguém vive sem amigos. Todo ser humano precisa de alguém que aproveite com ele os bons momentos da vida e o apoie nos momentos difíceis.

1 Será que é fácil cultivar uma amizade?

2 Será que uma amizade dura para sempre?

Nossos amigos nos fazem bem, eles nos tornam mais felizes, mais seguros e sempre nos ajudam.

Quem tem um amigo, tem um grande tesouro!

Mesmo que você já tenha muitos amigos, é sempre bom conquistar um novo amigo.

1. Pegue uma bexiga vazia com o professor.
2. Escreva o seu nome em uma tira de papel, dobre e coloque dentro da bexiga.
3. Encha a bexiga de ar e amarre-a.
4. Ao comando do professor, você e os colegas deverão jogar as bexigas para cima, misturando-as, sem deixá-las cair e sem estourá-las!
5. Ao segundo sinal do professor, você deverá estar com uma bexiga na mão.
6. Quando o professor indicar, estoure a bexiga e pegue a tirinha de papel que estava dentro dela. O nome que estiver na tirinha é o nome do amigo que você deverá conhecer melhor!

Kimazo/Shutterstock

7. Para conhecer melhor esse amigo, siga estas dicas:
   - Faça um cartão bem bonito e envie para ele.
   - Telefone para ele.
   - Ajude-o nas tarefas.
   - Partilhem seus lanches.
   - Mande uma mensagem pelo celular.

Certamente, vocês dois vão descobrir muitas coisas em comum!

12 BRINCAR PARA SONHAR

As crianças aprendem enquanto brincam.

Leia o texto abaixo com o professor.

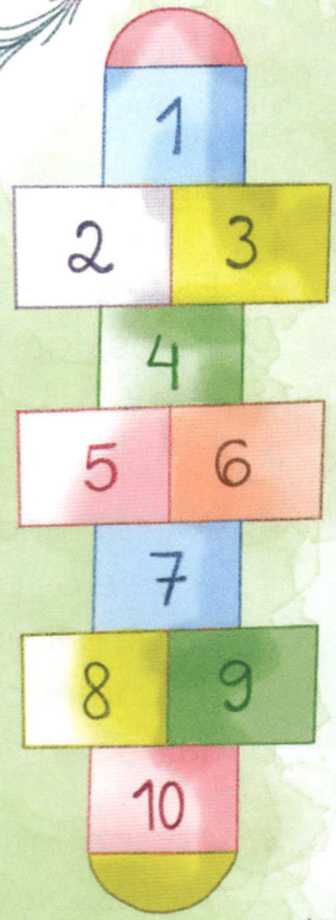

Brincadeiras

Bola de gude, peteca e amarelinha,
brincadeiras que animam a criançada.
Elástico e roda de cirandinha,
crianças saltitando pela calçada.
Pipa, pião, carrinhos e bonecas,
skates, patins e *videogames*.
Brincadeiras que fazem sonhar,
que levam a cantar.
Brincadeiras que, nas asas da imaginação,
transmitem sentimentos,
expressam emoção.
Ensinam que a convivência traz alegria,
planta o amor
e colhe a paz.

Texto escrito pelas autoras especialmente para esta obra.

Simone Ziasch/Arquivo da editora

1 No texto foram citadas várias brincadeiras. Quais dessas brincadeiras você conhece?

2 Na sua opinião, como o Criador deve se sentir ao ver crianças brincando com alegria?

Novas brincadeiras antigas

Nossos avôs e avós já foram crianças. Nossos pais já foram crianças.

Eles brincavam, se divertiam com brincadeiras diferentes e com outras iguais às nossas.

Atualmente já não se brinca muito na rua, correndo para lá e para cá, até tarde da noite, por exemplo, mas continuamos pulando amarelinha, brincando de corre cutia.

Os tempos mudaram, não brincamos como nossos pais e avós.

Vitaliy Karimov/Shutterstock

Crianças brincando com drone.

Jacob A. Riis/Museu da Cidade de Nova York/Getty Images

Crianças .... em Nova York, nos Estados Unidos, no início dos anos 1900.

Keystone-France/Gamma-Rapho/Getty Images

Crianças brincando de .... na França, no início dos anos 1900.

The Montifraulo Collection/Getty Images

Crianças brincando de .... na Inglaterra, cerca de 1910.

Michael SERRAILLIER/GAMMA-RAPHO/Getty Images

Crianças brincando de .... em Salvador, no estado da Bahia.

- Observe as imagens, identifique as brincadeiras e complete as legendas.

Atividades

1 Quais são as suas brincadeiras preferidas? Por quê?

2 Quais são as brincadeiras de que você menos gosta? Justifique sua resposta.

3 O Criador está sempre nos acompanhando. Por isso, devemos nos sentir protegidos em todos os momentos da vida. Escreva uma frase agradecendo a Ele pelas brincadeiras ao lado de seus amigos.

4 Brincando podemos estar perto do Criador. Ele nos ensina que é preciso amar, não discriminar. Nos ensina a viver em paz com o próximo e a ser feliz. Brincar precisa ser divertido para todo mundo que brinca! Crie uma história para as cenas a seguir.

Claudia Marianno/Arquivo da editora

5 O brinquedo de Pedro está no outro lado do parque. Vamos ajudá-lo? Pinte o caminho que Pedro deverá seguir para encontrar o brinquedo.

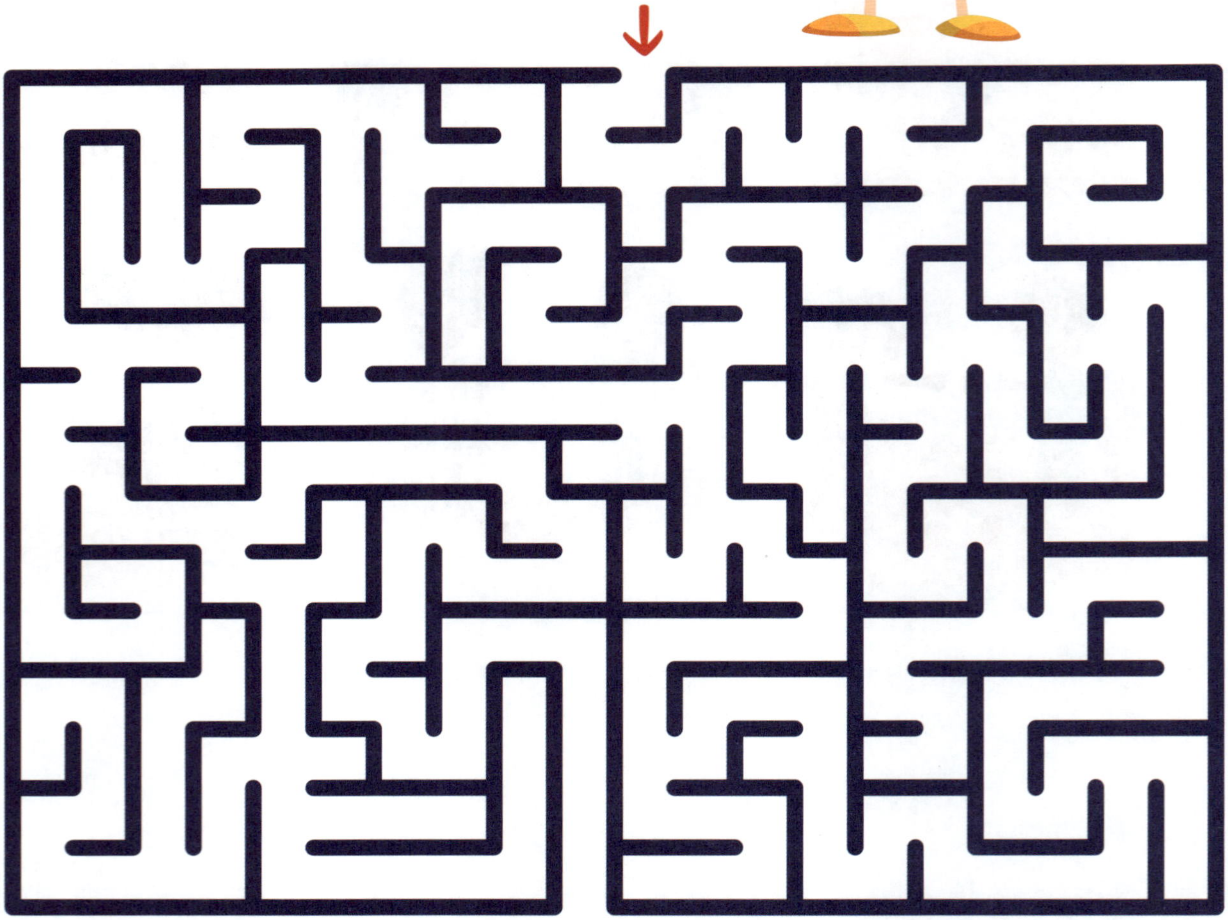

Igor Zakowski/Shutterstock

6 Faça a atividade *Jogo da velha* da **página 13** do **Caderno de criatividade e alegria**.

7 Em casa, faça uma pesquisa com os adultos da sua família para saber do que eles gostavam de brincar quando eram crianças e como eram as brincadeiras.

Para isso, siga o roteiro proposto.

Nome do entrevistado: ....

Idade: ....

Município onde cresceu: ....

Nome da brincadeira: ....

Como se brinca: ....

....

....

....

....

Nome do entrevistado: ....

Idade: ....

Município onde cresceu: ....

Nome da brincadeira: ....

Como se brinca: ....

....

....

....

....

O TEMA É...

Direitos e deveres das crianças

O Estatuto da Criança e do Adolescente (ECA) foi publicado em 1990. Desde então, virou lei: todas as crianças devem ter cuidados específicos garantidos mesmo antes de nascerem.

Ilustrações: Claudia Marianno/Arquivo da editora

Leia, abaixo, o trecho do **ECA** em tirinhas.

Pense, diga, brinque e divirta-se!

Reprodução/https://plenarinho.leg.br

Mesmo sob os cuidados de adultos, as crianças têm direito à liberdade. Isso significa que você pode expressar sua opinião — inclusive sobre política —, contar suas ideias e falar sobre o que acredita e seguir sua religião. Você também pode passear, brincar, praticar esportes e se divertir!

ECA em tirinhas para crianças, de Maria Amélia Elói et al. Brasília: Câmara dos Deputados, Edições Câmara, 2015. p. 16. Disponível em: <https://plenarinho.leg.br/index.php/2018/07/estatuto-da-crianca-e-do-adolescente/>. Acesso em: 25 fev. 2020.

1 Criança tem direito, mas também tem deveres: estudar e tratar a todos com carinho e respeito. Escreva abaixo outros direitos e deveres das crianças.

2 Agora, converse com os colegas sobre o direito que as crianças têm de expressar suas ideias e opiniões e de seguir uma religião.

UNIDADE 4

É TEMPO DE DIALOGAR

Entre nesta roda

- Qual é a sua brincadeira preferida?
- O que você gostaria de ser quando crescer?
- O que as pessoas estão fazendo nas imagens?

Nesta Unidade vamos estudar...

- A bondade que vem do coração
- Líderes religiosos
- Trabalho: direito de todos

Ilustrações: Bruna Assis Brasil/Arquivo da editora

13 É PRECISO SER BOM

> Bem-aventurado é aquele que atende ao pobre; o Senhor o livrará no dia do mal.
>
> **Salmo 41,1.**

Praticando o bem

Muitas pessoas dedicam sua vida ao próximo. Elas têm como objetivo ajudar e lutar pela igualdade e a justiça entre os seres humanos.

Como é bom poder conhecer algumas dessas pessoas!

Santa Teresa de Calcutá, missionária católica albanesa, dedicou sua vida ao auxílio de indianos que enfrentavam a pobreza extrema. Ela pedia às pessoas que passavam nas ruas que ajudassem os doentes e famintos. Para ela, "a falta de amor é a maior de todas as pobrezas". Por reconhecimento à sua dedicação e benevolência, recebeu o prêmio Nobel da Paz, em 1979, e foi canonizada pelo papa Francisco, em 2016.

Jean-Claude Francolon/Gamma-Rapho/ Getty Images

Santa Teresa de Calcutá com crianças em Calcutá, na Índia, em 1979.

Gamma-Rapho/Getty Images

Mahatma Gandhi cercado de seguidores durante discurso para uma rádio em Mumbai, na Índia, em 1946.

Mahatma Gandhi, líder pacifista indiano que pregava os princípios da não violência, lutou pelos direitos dos hindus. Desejava "uma paz real baseada na liberdade e igualdade de todas as raças e nações". Dizia também: "Só podemos vencer o adversário com amor, nunca com ódio".

Mariana Destro/Folhapress

Chico Xavier em sua casa em Uberaba, no estado de Minas Gerais, em 2002.

Sonu Mehta/Hindustan Times/Getty Images

Dalai Lama orienta professores sobre aula de felicidade que, em 2018, passou a fazer parte do currículo das escolas em Nova Délhi, na Índia.

Chico Xavier, médium brasileiro, foi um grande divulgador do espiritismo. Por meio de sua mediunidade, dedicou-se a ajudar os pobres, levando-lhes conforto espiritual. Possui vários livros de mensagens e ajuda espiritual, tendo doado todos os seus direitos autorais a instituições de caridade.

Dalai Lama é um monge budista do Tibete que se tornou o líder espiritual do povo e do governo tibetano. Estabeleceu contato com vários religiosos de todo o mundo, trabalhando pela união de toda a família humana. Em reconhecimento pela sua ação para preservar a paz no mundo, recebeu o prêmio Nobel da Paz em 1989.

Todos, mesmo sendo de tradições religiosas diferentes, passaram suas vidas praticando o bem.

Todas as religiões ou crenças pregam a bondade e o amor.

- Escolha um dos líderes religiosos apresentados e, em casa, com a ajuda de um adulto, faça uma pesquisa na internet para conhecer melhor sua vida e suas boas ações.

Os líderes religiosos sempre transmitem aos seus seguidores boas mensagens por meio de seus ensinamentos.

melissamn/Shutterstock

Turistas visitam o Templo de Lótus, um templo da fé bahá'i em Nova Délhi, Índia, em 2019. A fé bahá'i ou bahaísmo é uma religião que acredita em um único Deus. Ela reforça a união da humanidade e das religiões. Na fé bahá'í, Abraão, Moisés, Krishna, Buda, Jesus, Maomé, Bahá-u'llhah (fundador do bahaísmo) são mensageiros divinos.

Todos, movidos pelo amor ao Criador, orientam a prática da bondade e da caridade para com os mais pobres.

Católicos, espíritas, bahaístas...

Não importa a religião!

Saem todos em missão para ajudar a quem precisa...

Distribuem sopa, agasalhos para os moradores de rua, cestas básicas para famílias pobres, visitam doentes em hospitais.

Michal Fludra/NurPhoto/Agência France-Presse

Pessoas comemoram véspera de Natal em Sopot, na Polônia, em 2019. Esse jantar especial é organizado pela Cáritas, uma organização de caridade cristã católica, desde 1990.

Atos de amor, movidos pelo amor a Deus.

Atividades

1 Para ser bom é preciso ouvir a voz do coração! Leia as frases e cole os adesivos com as cenas correspondentes.

Compartilhar o lanche.	Acolher um idoso.
Orar.	Cuidar da natureza.
Cuidar das crianças.	Cuidar dos animais.

2 Não basta dizer "sou bom". É preciso ter atitudes de bondade. Identifique quatro atitudes ruins na cena abaixo.

Claudia Marianno/Arquivo da editora

- Agora, escreva abaixo quatro atitudes boas que, na sua opinião, deveriam acontecer na cena.

3 Escreva dentro dos balões as virtudes que você acha que precisamos ter para sermos bons. Depois, pinte toda a cena com capricho!

Wenlan/Shutterstock

4 Você costuma agradecer ao Criador pelas coisas boas que lhe acontecem? Como você agradece? Compartilhe suas respostas com os colegas.

....

....

....

5 Complete a cruzadinha com as palavras que traduzem os sentimentos e valores que brotam em nosso coração para que haja paz, alegria e união entre os povos.

paciência | **amor** | **justiça**

bondade | **fidelidade** | **compreensão**

losw/Shutterstock

VOCÊ EM AÇÃO

Diálogo

Dialogar não é querer mudar a opinião de outras pessoas, não é querer que todos pensem como nós, mas sim respeitar, tentar compreender o que o outro fala.

O diálogo é uma conversa entre pessoas que se respeitam e buscam compreender melhor o que o outro pensa.

Quando as pessoas têm opiniões diferentes da nossa, nós podemos discordar mantendo o respeito ou ter a humildade de mudar nosso ponto de vista.

Para que haja um diálogo verdadeiro, é preciso honestidade e seriedade. Não podemos impor nossas ideias nem fingir que concordamos com algo só para sermos agradáveis.

O Criador está sempre pronto a nos ouvir e, para conversar com Ele, basta seguir o nosso coração!

- Observe as cenas. O que você acha que estas pessoas podem estar falando/pensando? Escreva nos balões.

Simone Ziasch/Arquivo da editora

14 CONSTRUINDO O AMOR

> Abrace as pessoas que ama. Principalmente sem motivo especial.
>
> **A vida é bela**, de Dominique Glocheux. Rio de Janeiro: Sextante, 2002. p. 53.

O amor deve ser cultivado todos os dias.

Leia o texto a seguir com o professor e observe as imagens.

Um sorriso aqui,
um aperto de mão acolá.
Um abraço apertado,
um passo à frente,
um mundo a construir.
E...
um coração para amar!

Monkey Business Images/Shutterstock

Monkey Business Images/Shutterstock

Só o amor constrói...
constrói com abraço...
constrói com carinho...
constrói com solidariedade.
O Criador, por ser bom, nos fez bons!
Colocou em nosso coração o desejo de amar, ajudar e perdoar.
Nos deu a inteligência e a capacidade de construir coisas boas!

Texto escrito pelas autoras especialmente para esta obra.

Nadia Cruzova/Shutterstock

FamVeld/Shutterstock

- No seu dia a dia, na escola e em casa, como você constrói e pratica o amor?

O segredo de amar é ver o amor nas outras pessoas quando...

... ajudamos ao próximo.

Lisa F. Young/Shutterstock

... brincamos com todos.

BL/BSIP/Agência France-Presse

... cuidam de nós.

AVAVA/Shutterstock

... passeamos e nos divertimos em família.

Monkey Business Images/Shutterstock

... agradecemos a Deus por termos tantas pessoas para amar.

Dzmitry Malyeuski/Shutterstock

- Faça a atividade *Estrelas da minha vida* da **página 15** do **Caderno de criatividade e alegria**.

Saiba mais

Luta pelo amor

> Amai-vos uns aos outros como eu vos tenho amado.
>
> **João 13,34**

O amor traz solidariedade e um grande desejo de fazer o outro feliz.

Nos faz desejar que todos tenham direitos iguais.

O amor nos faz querer o bem.

O líder pacifista Arun Gandhi, neto de Mahatma Gandhi, nasceu em 1934 na África do Sul. Quando tinha 12 anos, morou com seu avô em um retiro espiritual, semelhante a um monastério, na Índia, de 1946 a 1948. Em 1987, ele se mudou para os Estados Unidos, onde fundou a ONG Instituto Mahatma Gandhi para a Não Violência. Com o objetivo de tornar o mundo um lugar sustentável e justo, a ONG dá cursos de práticas de meditação e comunicação não violenta a jovens entre 12 e 24 anos.

Noam Galai/Getty Images for Global Citizen/Agência France-Presse

Arun Gandhi durante palestra na semana do cidadão global em 2018 em prol do fim da pobreza mundial até 2030.

Babalaô Ivanir dos Santos, sacerdote do Culto de Ifá no candomblé, líder espiritual e professor universitário, nasceu em 1954 no Rio de Janeiro. Filho de uma empregada doméstica, quando tinha 8 anos foi levado à força para a antiga Fundação Nacional do Bem-Estar do Menor (Funabem), onde ficou por 12 anos. Depois de sair da Funabem, notou que jovens negros que viviam em favelas tinham dificuldade para conseguir emprego e, com um amigo, fundou a Associação dos Ex-Alunos da Funabem, uma de suas primeiras ações para combater a desigualdade social.

Marcos Vidal/Futura Press

O babalaô Ivanir dos Santos é líder da Caminhada pela Liberdade Religiosa, que acontece há 12 anos e já reuniu mais de 100 mil pessoas. Na foto, o babalaô durante protesto pela liberdade religiosa no Rio de Janeiro, no estado do Rio de Janeiro, em 2018.

Por amor, as pessoas lutam contra preconceito, discriminação, racismo e praticam o bem.

Atividades

1 Pinte os quadrinhos ao lado das frases que mostram como construímos o amor.

Eu construo o amor quando...

☐ ... estudo e brinco com alegria.

☐ ... não pratico o bem.

☐ ... obedeço aos meus pais e aos professores.

☐ ... quero o bem do próximo.

☐ ... não dou valor a quem trabalha.

☐ ... percebo que o Criador é amor.

2 Complete as frases com as palavras abaixo.

Digo “sim” à vida quando .... com alegria.

Mostro meu amor ao Criador quando .... o próximo.

Quando sou amigo e solidário, estou aprendendo a ....

O amor nos deixa mais pertinho do ....

3 Decifre o enigma. Depois, escreva a frase que você descobriu nas linhas abaixo.

O Cria + 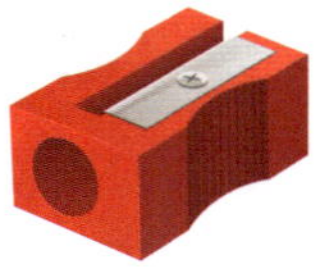 - aponta  - pen + m

 - va + m   - as  - lho + cial

 - co + r  .

Ilustrações: Sensvector/Shutterstock

....

....

....

4 Construímos nossos relacionamentos com amor.
Indique o nome de:

- alguém que te faz feliz. ....
- alguém de quem você nunca vai se esquecer. ....
- alguém que te conta histórias. ....
- alguém que não sai do seu pensamento. ....
- alguém que te ensina muito. ....

5 Crie falas para os personagens de acordo com as cenas da história.

Claudia Marianno/Arquivo da editora

O TEMA É...

O amor e a fé

Indígenas, afrodescendentes, brancos, filhos de todas as cores têm suas crenças, seus deuses, sua fé em Jesus Cristo, Oxalá, Buda, Alá, etc.

O Brasil tem diversas cores e é alegre com tantas misturas.

Há espaços para todos os jeitos de crer; basta dialogar. Todos podem conviver!

No dia 7 de janeiro é celebrado, no Brasil, o Dia da Liberdade de Cultos. Nesse dia somos lembrados de que ninguém pode ser perseguido por sua fé.

Cartaz da Universidade do Estado do Pará (Uepa) para comemorar o Dia da Liberdade de Cultos com alunos e professores.

1 Por ser um país amplo e diverso, muitas festividades brasileiras misturam elementos de várias religiões. Agora, formem 6 grupos e pesquisem em casa, com a ajuda de um adulto, as seguintes festas:

- Grupo 1: Lavagem do Bonfim (Salvador, no estado da Bahia)
- Grupo 2: Festa de Iemanjá (Salvador, no estado da Bahia)
- Grupo 3: Festa do Padre Cícero (Juazeiro do Norte, no estado do Ceará)
- Grupo 4: Festa da Paixão de Cristo (Brejo de Madre de Deus, no estado de Pernambuco)
- Grupo 5: Festa da Penha (Vila Velha, no estado do Espírito Santo)
- Grupo 6: Festa do Sairé (Alter do Chão, no estado do Pará)

2 Após a pesquisa, coletem as informações necessárias para confeccionar um cartaz divulgando a festa.

15 TRABALHO: DIREITO DE TODOS

> Filho, realiza teus trabalhos com mansidão e serás amado mais que um homem generoso.
>
> **Eclesiástico 3,19**

Algumas pessoas têm trabalhos muito diferentes.

Leia o texto a seguir e conheça algumas profissões inusitadas.

1. Personagem da Disneylândia

Basicamente, o trabalho consiste de vestir-se como um personagem famoso da Disney e atuar como tal.

[...]

Requisitos: Regras estritas sobre peso e aparência, além de habilidades com atuação. "Deve ser bom com crianças".

Paul A. Hebert/Getty Images

Atriz representando Cinderela na Disneylândia, na Califórnia, Estados Unidos, em 2013.

2. Jogador de *videogame*

Ajudar outros jogadores a alcançar pontuações e níveis mais altos em jogos.

[...]

Requisitos: ter amor por *videogames* e algumas habilidades para ensinar.

Gonzalo Arroyo Moreno/Getty Images

Jogadora de *videogame* profissional durante festival de *videogame* em Madri, na Espanha, em 2019.

3. Provador de sorvetes

Avaliar sorvetes "em termos de sabor, textura, cheiro e outros elementos" para assegurar o controle de qualidade.

[...]

Requisitos: ter diploma de bacharelado em gastronomia.

James M. Thresher/The The Washington Post/Getty Images

Provador de sorvetes profissional avaliando sorvetes em uma sorveteria estadunidense.

4. Escritor de palavras-cruzadas

Criar palavras cruzadas de diversos níveis de dificuldade para jornais ou outras mídias.

[...]

Requisitos: habilidade de trabalhar com prazos e "vocabulário de ampla extensão".

Melissa Bunni Elian/The New York Times/Fotoarena

Editor assistente elaborando palavras cruzadas para o jornal estadunidense *The New York Times*, em 2018.

5. Estilista de comida

Preparar e arrumar comidas para anúncios e outras sessões fotográficas.

[...]

Requisitos: paixão por comida, com um "olhar criativo". Treinamento e experiência no ramo, preferencialmente.

Alamy/Fotoarena

Estilista de comida e fotógrafo produzindo uma foto em estúdio.

10 empregos divertidos que você nunca parou para considerar, de Julia Miozzo. **Infomoney**, 15 maio de 2015. Disponível em: <https://www.infomoney.com.br/carreira/10-empregos-divertidos-que-voce-nunca-parou-para-considerar/>. Acesso em: 26 dez. 2019.

- Qual profissão você achou mais divertida? Por quê?

Muitos são os profissionais que nos ajudam a crescer melhor.

Alguns constroem casas e prédios, e outros cuidam dos jardins; há também quem cuida de nossa saúde e da limpeza das ruas, e outros fazem comidas gostosas.

Há aqueles que nos ajudam a aprender e outros que nos defendem; e ainda há os que nos transportam para todos os lugares.

São eles: operários, engenheiros, jardineiros, agentes de limpeza e manutenção urbana, cozinheiros, professores, médicos, advogados e motoristas.

Todos fazem parte de nossa vida.

Ilustrações: Claudia Marianno/Arquivo da editora

1 Qual é a profissão dos adultos que moram com você?

2 Quais tarefas podem ser de responsabilidade das crianças?

Saiba mais

Profissões de fé

Arranja um mestre, adquire um amigo e julga a todos com indulgência.

Texto hebraico **Ética dos pais**, capítulo 1,6.

Vimos que muitos trabalham para que nosso corpo seja saudável e para vivermos melhor.

A fé precisa também ser alimentada com cuidado e carinho.

Os líderes religiosos estudam, trabalham, oram por nós e nos conduzem com muitos ensinamentos.

Alexander Demianchuk/TASS/Getty Images

Padre católico celebrando missa da véspera de Natal na igreja Santa Catarina em São Petersburgo, na Rússia, em 2019.

Andreas Gebert/Getty Images

O rabino Josef Chaim Bloch em abertura oficial da nova sinagoga de Regensburg, na Alemanha, em 2019.

Euler Paixao/Olhar Imagem

Pai de santo abençoando fiel durante a festa de Iemanjá, em Salvador, estado da Bahia, em 2015.

Paras Griffin/Getty Images

Pastor em evento na Igreja Batista Ebenezer, na Geórgia, Estados Unidos, em 2019.

Michele Cattani/Agência France-Presse

Imame, líder religioso islâmico, fazendo discurso em Bamako, no Mali, em 2019.

Fábio Guinalz/Fotoarena

Monja Coen durante lançamento do seu livro em São Paulo, no estado de São Paulo, em 2018.

Atividades

1 Complete as frases com as palavras do quadro abaixo.

brinquedo	aprendo	trabalho	escola

Quando eu estudo, eu ....

Quando empresto meu ....,
estou aprendendo a partilhar.

Lugar de criança é na ....

O .... é um direito de todos.

2 Relacione as duas colunas pintando com a mesma cor os quadrinhos que se completam.

Realizo meu trabalho...	... quando trabalha com amor.
O ser humano constrói muitas coisas...	... por um mundo melhor.
A família depende...	... com alegria.
Somos responsáveis...	... do trabalho de todos os seus membros.

3 Leia esta linda oração feita por uma criança ao sentar-se à mesa para jantar.

Ilustra Cartoon/Arquivo da editora

Meu Deus,
muito obrigado por todas
as pessoas que trabalham
para eu ter esta comida.
Mude o coração das pessoas ricas
para que elas não desperdicem o alimento que têm em grande quantidade.
Ensine a todos a tirar da própria mesa alguma coisa para dar aos pobres
que não têm nem o necessário para viver.
Amém.

Salmos dos pequeninos. Tradução de M. T. Voltarelli. São Paulo: Paulinas, 2012.

- Agora escreva, com suas palavras, pelo que você gostaria de agradecer a Deus.

....

....

....

....

....

....

....

....

4 Quando o mundo foi criado, Deus trabalhou e depois descansou. O tempo passou, e Deus fez uma aliança com Noé para construir a arca, salvar sua família e os animais. Noé assumiu compromisso, trabalhou, e o Criador o recompensou salvando a todos.

Agora, ajude Noé a salvar os animais e cole os adesivos dos casais de animais que faltam para levar na arca.

Pretty Vectors/Shutterstock

VOCÊ EM AÇÃO

Quando eu crescer

1 Você já pensou no que quer ser quando crescer?

Escreva abaixo o nome dessa profissão e explique por que você a escolheu.

....

....

....

2 Agora, faça um desenho para representar essa profissão ou cole figuras de revistas ou jornais de alguém a exercendo.

16 ESPERANÇA DE VIDA NOVA

Chegou o Natal! Tempo de comemorações, de esperança!

Nasceu o menino Jesus...

Ilustrações: Simone Ziasch/Arquivo da editora

Uma estrela brilhou no céu e os magos visitaram o menino.

Até hoje, muitas pessoas no mundo festejam seu nascimento.

Tradições diversas

As tradições religiosas de cada povo foram passadas de geração em geração. Elas são uma herança transmitida pela família.

Os feriados religiosos refletem a cultura religiosa de um povo. Todos procuram respeitá-los.

O Natal é um feriado cristão para aqueles que acreditam que Jesus veio ao mundo para salvar a humanidade de seus pecados.

Mas nem todos os povos comemoram o Natal. Eles têm outras culturas religiosas.

Os judeus, por exemplo, celebram o Chanucá, ou Festa das Luzes, geralmente no mês de dezembro. Essa festa comemora um fato ocorrido há mais de 2 mil anos, quando os judeus reconquistaram o Templo Sagrado de Jerusalém, que havia sido tomado pelos gregos.

Cada povo tem uma crença, e todos desejam um mundo melhor!

Mamunur Rashid/NurPhoto/Agência France-Presse

Crianças com o papai Noel celebrando o Natal de 25 de dezembro de 2019, em Bangladesh.

Sergei Supinsky/Agência France-Presse

Crianças com roupas tradicionais ucranianas cantam canções natalinas durante festividades que marcam o Natal ortodoxo em 7 de janeiro de 2020, em Pirogov, na Ucrânia.

Artur Widak/NurPhoto/Getty Images

Membros do coral anglicano Discovery Gospel comemorando o Natal com apresentação de músicas tradicionais em frente à Igreja de Santa Ana, em Dublin, na Irlanda, em 2018.

1 Observe as imagens acima e circule a que mais representa o Natal de sua família.

2 Conte para os colegas como o Natal é comemorado na sua casa.

No Natal, eu quero...

Geralmente, no final do ano, as pessoas costumam fazer mais compras, seja para si mesmas, seja para presentear alguém.

Porém, é preciso estar atento para evitar o consumismo, ou seja, fazer compras em excesso, desnecessariamente.

O consumismo faz mal não apenas para o bolso, mas também para a mente, além de prejudicar o ambiente.

Cartaz do Movimento Infância Livre de Consumismo, incentivando pais e responsáveis a dar mais atenção e menos presentes materiais às crianças.

As crianças estão mais expostas às propagandas que incentivam o consumo exagerado. Uma das maneiras de reduzi-lo, é diminuir o tempo que elas passam assistindo a canais na televisão ou na internet com excesso de publicidade infantil.

Se desejamos vida nova, precisamos mudar nossas atitudes. Somos nós os responsáveis pelas transformações em nossa vida.

Leia a tirinha abaixo.

Armandinho, de Alexandre Beck.

1 Converse com os colegas e explique com suas palavras por que Armandinho disse que algumas propagandas são doidas.

2 Converse com os colegas sobre as consequências do consumismo.

Tempo de compartilhar

Partilhar significa dividir igualmente e, principalmente no Natal, a vontade de partilhar bons momentos com as pessoas à nossa volta aumenta. Quando damos abrigo ou fazemos doações para pessoas que estão passando por dificuldades, estamos partilhando.

Helen Frank/Anadolu Agency/Getty Images

Pessoas almoçam em um navio em Vitória, na Austrália. Para escapar dos incêndios que ocorreram em janeiro de 2019, a população teve de deixar suas moradias e se abrigar em alojamentos temporários.

Kirill Shipitsin/TASS/Getty Images

Pessoas foram alojadas em escolas em Tulun, na Rússia, em 2019, após fortes chuvas que causaram inundações.

Geovien So/SOPA Images/LightRocket/Getty Images

Moradores recebendo doações em um campo temporário para refugiados, após a erupção de um vulcão em Bali, na Indonésia, em 2017.

E, com essas atitudes, partilhamos alegrias, carinho e esperança.

- Converse com os colegas sobre as ações apresentadas nas imagens. Na sua opinião, agindo assim, as pessoas ficam mais felizes? Por quê?

Atividades

1 Escreva nos quadrinhos abaixo as palavras **certo** ou **errado**, de acordo com o que você pensa sobre cada frase, e justifique sua resposta nas linhas abaixo de cada item.

Nunca ajudar a quem precisa. [ ]

....

....

Os adultos não precisam de ajuda. [ ]

....

....

Doar roupas que não lhe servem mais. [ ]

....

....

Comprar tudo aquilo que desejarmos. [ ]

....

....

Partilhar agrada ao Criador. [ ]

....

....

2 Veja que bela árvore de Natal! Termine de decorá-la escrevendo nela o que você deseja para este Natal!

Simone Ziasch/Arquivo da editora

- Depois, confeccionem uma árvore de Natal de papel para enfeitar a sala de aula e escrevam nas bolinhas e nos enfeites o que vocês desejam de bom para o ano seguinte.

3 Faz parte das tradições de Natal enviar cartões e mensagens desejando "Boas Festas". Faça um cartão de Natal, escreva uma mensagem e o nome da pessoa a quem você gostaria de enviá-lo.

4 Os símbolos do Natal enfeitam as casas onde as famílias se reúnem para comemorar! A cidade fica mais iluminada, as ruas ficam mais bonitas e enfeitadas.

Complete as frases com as palavras do quadro.

guirlanda	ceia de Natal	sinos	presépio	igreja

Os .... tocam anunciando uma boa notícia!

A .... representa a esperança da chegada de Jesus!

Na .... toda a família se reúne.

Vamos à .... agradecer a chegada do menino Jesus.

O .... representa a simplicidade de Jesus.

5 O novo ano vai chegar e vamos comemorar! Represente com um desenho o lugar em que gostaria de passar a festa do Ano-Novo!

6 Decifre a mensagem de fim de ano escrita para você. Para isso, junte as sílabas, como mostra o quadrinho menor, e escreva nas linhas abaixo.

Se	na	fe	liz!	a	da
vi	ja	a	Cres	e	mo
la	u	ça	o	la	mor.
co	lu	na	pi	a	ba
ve	a	po	a	do	a
i	le	gri	ma	e	ca

Ilustra Cartoon/Arquivo da editora

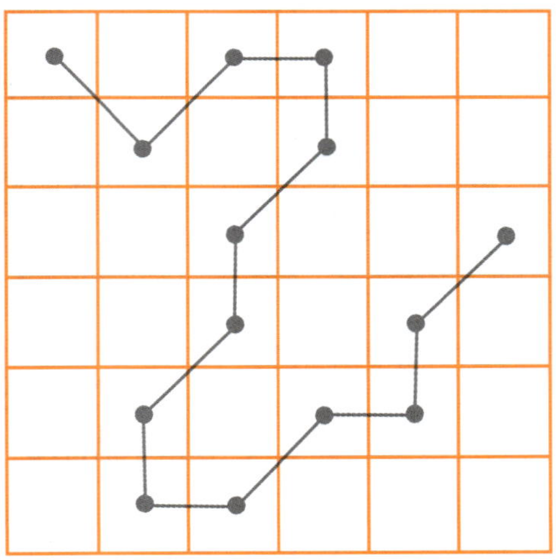

....

....

....

Fé e saúde mental

Os dias passam... o Natal chega, mais um ano se vai...

Muitos comemoram com amigos, familiares ou até mesmo sozinhos o final do ano e o início de um novo ciclo, mas há pessoas que sofrem muito nessa época do ano.

Pessoas que sofrem com problemas de saúde mental, como depressão e ansiedade, têm mais dificuldade nessa época do ano, por se sentirem cobradas pelos outros, por exemplo.

1 Observe a tirinha com atenção e converse com os colegas sobre os sentimentos que os personagens podem estar sentindo.

Claudia Marianno/Arquivo da editora

A administradora Toni White [afirma que] [...] você enfrenta muita pressão para comprar os presentes certos e fazer um social. Quando você está deprimida, a última coisa que tem vontade é de ficar com gente, mas se você é ansiosa você não quer dizer "não" – acha que precisa dizer "sim" a todos os convites sociais.

Noite feliz para alguns, depressão, solidão e ansiedade para tantos outros, de Rachel Moss & Eve Hartley. **Huffpost**, 16/12/2016. Disponível em: <https://www.huffpostbrasil.com/2016/12/16/noite-feliz-para-alguns-depressao-solidao-e-ansiedade-para-tan_a_21697518/>. Acesso em: 26 dez. 2019.

Não importa a idade, a depressão é uma doença e, para superar essa época tão complicada, além de medicamentos, é importante que a pessoa conheça e respeite suas limitações. A religiosidade também é uma grande aliada no combate à depressão. Crer em algo, ter uma fé, pode trazer esperança e serenidade.

Muitas instituições religiosas, como centros espíritas, igrejas católicas e evangélicas, prestam serviços de escuta, atendimento psicológico e desenvolvem atividades como práticas de meditação gratuitamente.

Os serviços de escuta auxiliam as pessoas que querem falar sobre si e seus problemas, mas não têm com quem dividir suas aflições e angústias. Esse tipo de ação não cura, mas proporciona uma melhora na qualidade de vida do indivíduo.

2 O espaço religioso que você frequenta possui alguma ação para auxiliar pessoas com depressão ou ansiedade?

3 Converse com os colegas sobre o que pode ser feito para ajudar alguém nessas situações.

SUGESTÕES PARA O ALUNO

Filmes

A borboleta azul, direção de Léa Pool. Estados Unidos/Canadá, 2004. (97 min)

O filme conta a história de um garoto de 10 anos com uma doença grave. Seu último desejo é capturar uma borboleta azul, a mais linda da face da Terra, que só existe nas florestas da América Central e do Sul. Determinada a realizar o sonho do filho, sua mãe convence um estudioso de insetos a levá-los à floresta em busca da borboleta. A aventura se revelará uma lição de vida e amor.

A família do futuro, direção de Stephen J. Anderson. Estados Unidos, 2007. (102 min)

A animação conta a história de Lewis, deixado nos degraus de um orfanato quando era bebê. Prestes a completar 13 anos, ele se torna um brilhante inventor, mas não tem mais esperança de ser adotado por uma família. Lewis então conhece Wilbur Robinson, que o leva para o futuro e o apresenta à família Robinson. O menino se encanta com os parentes de seu novo amigo, com quem viverá incríveis aventuras para salvar seu futuro.

Como treinar o seu dragão, direção de Chris Sanders e Dean DeBlois. Estados Unidos, 2010. (98 min)

Soluço é um jovem *viking* que não se enquadra na tradição de seu heroico povo matador de dragões. Tudo muda quando ele encontra Banguela, um dragão que desafia todos a verem o mundo com outros olhos. Soluço mostrará a seu povo como é importante preservar a vida e os amigos.

Dumbo, direção de Tim Burton e Justin Springer. Estados Unidos, 2019. (112 min)

Dumbo é um elefantinho de orelhas grandes, por isso muitos riem e fazem piadas dele. Quando é separado de sua mãe, os filhos de seu cuidador Holt descobrem que Dumbo é especial e sabe voar. E o circo viverá momentos mágicos ao ver que o elefantinho pode voar.

O Rei Leão, direção de Jon Favreau. Estados Unidos, 2019. (118 min)

Simba, filho do rei Mufasa, aprende com seu pai a importância do ciclo da vida e de manter a harmonia no reino. No entanto, seu tio invejoso o expulsa. Com isso, Simba vai viver longe com seus novos amigos Timão e Pumba. Estes ajudarão o leãozinho a crescer e retornar ao seu reino na Savana africana para se tornar rei.

O touro Ferdinando, direção de Carlos Saldanha. Estados Unidos, 2017. (106 min)

Ferdinando é um touro com um coração enorme. É calmo e não gosta de bater a cabeça e bufar. Quando pequeno brincava com seus amigos e queria ser campeão sem brigar. No entanto, ao crescer, viu sua vida mudar. O filme ensina que não podemos julgar ninguém pelo seu tamanho e aparência.

Livros

A aventura de Abaré, de Juliana Schroden. São Paulo: FTD.

Em uma aldeia indígena vive o papagaio Abaré com sua família e seu amigo Membira. Abaré gosta de se aventurar e acaba viajando para a cidade onde vivem as crianças com suas famílias.

A cigarra e a formiga, de Telma Guimarães. São Paulo: Estrela Cultural.

A cigarra canta e encanta os dias com sua linda voz, enquanto a formiga trabalha sem parar. Faça sol ou faça chuva ela nunca para. Tudo guarda, enquanto a cigarra não se preocupa com nada. O inverno chega e a cigarra se vê em apuros e pede ajuda a sua amiga formiga.

Arca de ninguém, de Mariana Caltabiano. São Paulo: Scipione.

Há muitos e muitos anos, Noé enfrentou um grande problema quando construiu sua arca para salvar os seres humanos e os animais de um dilúvio: os cachorros corriam atrás dos gatos e ninguém queria ficar perto dos porcos. Para sobreviver, todos na arca precisaram aceitar as diferenças dos outros.

Brinquedos e brincadeiras, de Nereide Schilaro Santa Rosa. São Paulo: Moderna.

As brincadeiras e brinquedos fazem parte da vida de todos. Não importa o lugar nem mesmo o tempo, há brincadeiras que nunca deixam de existir.

Com licença?: aprendendo sobre convivência, de Brian Moises e Mike Gordon. São Paulo: Scipione.

O livro traz cenas do dia a dia e pode ajudá-lo a perceber se você tem sido uma pessoa agradável com os outros, se tem se comportado nos lugares e respeitado as pessoas que o cercam.

Diversidade, de Tatiana Belinky. São Paulo: Quinteto Editorial.

A obra aborda a diversidade entre as pessoas, mostrando que é preciso respeitar as diferenças, seja no aspecto físico, seja no aspecto comportamental.

Eu quero! Eu quero!, de Shirley Souza. São Paulo: Escala.

Para Júlia tudo é possível. É só falar "eu quero" e ela ganha, mas, quando não ganha, apronta das suas. Ao observar um menino de rua brincando, ela se dá conta de que possui muitas coisas, mas que o mais importante é o amor de sua família.

Minha primeira Bíblia com a turma da Mônica, de Mauricio de Sousa e Pe. Luis Erlin. São Paulo: Ave-Maria.

Mônica e sua turminha aprendem os ensinamentos que estão na Bíblia, leem as histórias da criação e do Filho de Deus e descobrem como viver com fé.

O que fazer?: falando de convivência, de Liliana Iacocca e Michele Iacocca. São Paulo: Ática.

Vamos aprender a dizer a verdade e pensar no que responder quando muitas perguntas aparecem.

Valores para a vida toda: amizade, de Cristina Klein. Blumenau: Blu Editora.

Vamos aprender com o cãozinho Leo atitudes de afeto e o que é a verdadeira amizade. Vamos dividir o lanche, visitar um amigo doente e descobrir que lealdade e amor rimam com amizade.

Verde que te quero ver: a lenda de Luana, de Paulinho Tapajós. Rio de Janeiro: Record.

Cacique foge ao ver sua aldeia indígena ser ameaçada por motosserras. Em sua fuga ele conhece Vitória-Régia e com ela se casa, passando a ter a flor no coração. Desse casamento nasce Luana, uma linda flor!

BIBLIOGRAFIA

AGNOLIN, Adone. *História das religiões*: perspectiva histórico-comparativa. São Paulo: Paulinas, 2013.

ALBERONI, Francesco. *Valores:* o bem, o mal, a natureza, a cultura, a vida. Rio de Janeiro: Rocco, 2000.

ANTUNES, Celso. *Novas maneiras de ensinar, novas formas de aprender*. Porto Alegre: Artmed, 2011.

AQUINO, Thiago de Avilar. *Sentido da vida e valores no contexto da educação*. São Paulo: Paulinas, 2015.

Base Nacional Comum Curricular (BNCC). Disponível em: <http://basenacionalcomum.mec.gov.br/>. Acesso em: 17 out. 2019.

BETTENCOURT, Estêvão. *Crenças, religiões, igrejas e seitas - quem são?* 8. ed. São Paulo: O Mensageiro de Santo Antônio, 2012.

BÍBLIA Sagrada Ave Maria. Tradução dos originais em hebraico e grego pelos monges de Maredsous (Bélgica). São Paulo: Ave-Maria, 2006.

BIBLIOTECA Virtual de Direitos Humanos. Disponível em: <www.direitoshumanos.usp.br>. Acesso em: 17 out. 2019.

BITTENCOURT, Zoraia Aguiar et al. *A compreensão leitora nos anos iniciais*: reflexões e propostas de ensino. Petrópolis: Vozes, 2015.

BNCC na Prática. Disponível em: <www.bnccnapratica.com.br/>. Acesso em: 17 out. 2019.

BOWKER, John. *Para entender as religiões*. São Paulo: Ática, 1997.

BRASIL. Ministério da Educação. *Base Nacional Comum Curricular (BNCC)*. Brasília. 2017. Disponível em: <http://basenacionalcomum.mec.gov.br/images/BNCC_EI_EF_110518_versaofinal_site.pdf>. Acesso em: 17 out. 2019.

BRASIL Escola. Disponível em: <https://brasilescola.uol.com.br/>. Acesso em: 17 out. 2019.

BRIGHT, John. *História de Israel*. 2. ed. São Paulo: Paulus, 2004.

CAMPBELL, Linda; CAMPBELL, Bruce; DICKINSON, Dee. *Ensino e aprendizagem por meio das inteligências múltiplas*. Porto Alegre: Artmed, 2000.

CANÇÃO Nova. Disponível em: <https://formacao.cancaonova.com/>. Acesso em: 17 out. 2019.

CARABALLO, Simon Alfredo. *Meu grande amor por Jesus me conduziu ao Islam*. São Paulo: Fambras, [s.d.].

CARNIATO, Maria Inês. *Ensino Religioso*. São Paulo: Paulinas, 2010.

CATECISMO da Igreja Católica. Disponível em: <www.vatican.va/archive/ccc/index_po.htm>. Acesso em: 17 out. 2019.

CATUNDA, Ricardo. *Brincar, criar, vivenciar na escola*. Rio de Janeiro: Sprint, 2005.

CENCINI, Amedeo. *A arte de ser discípulo*. São Paulo: Paulinas, 2011.

CENTRO Virtual de Divulgação e Estudo Do Espiritismo. Disponível em: <https://cvdee.org/>. Acesso em: 17 out. 2019.

CESCON, Everaldo; NODARI, Paulo César. *Filosofia, ética e educação*: por uma cultura de paz. São Paulo: Paulinas, 2014.

CNBB. *Cristãos leigos e leigas na sociedade (doc.105)*. Brasília: CNBB, 2019. (Documentos da CNBB)

CONFERÊNCIA Nacional dos Bispos do Brasil - CNBB. Disponível em: <www.cnbb.org.br>. Acesso em: 17 out. 2019.

COSTA, Vagner. *O segredo da amizade*. São Paulo: Moderna, 2002. (Girassol)

DALAI-LAMA. *Pacificando o espírito*. Rio de Janeiro: Bertrand Brasil, 2001.

DEPIZZOLI, Antonio; CRUZ, Therezinha (Org.). *E seguiram Jesus... caminhos bíblicos de iniciação*. Brasília: CNBB, 2018.

ELIADE, Mircea. *Imagens e símbolos*: ensaio sobre o simbolismo mágico-religioso. São Paulo: Martins Fontes, 2012.

FEDERAÇÃO das Associações Muçulmanas do Brasil - Fambras. Disponível em: <www.fambras.org.br>. Acesso em: 17 out. 2019.

FONAPER. *Parâmetros Curriculares Nacionais*: Ensino Religioso. São Paulo: Mundo Mirim, 2009.

FUNDAÇÃO Nacional do Índio - Funai. Disponível em: <www.funai.gov.br>. Acesso em: 17 out. 2019.

INSTITUTO Brasileiro do Meio Ambiente e dos Recursos Naturais Renováveis - Ibama. Disponível em: <www.ibama.gov.br/>. Acesso em: 17 out. 2019.

JUNQUEIRA, Sérgio Rogério Azevedo; MENEGHETTI, Rosa Gitana Krob; WASCHOWICZ, Lilian Anna. *Ensino Religioso e sua relação pedagógica*. Petrópolis: Vozes, 2002.

KRONBAUER, Selenir Corrêa Gonçalves; STROHER, Janete Marga. *Educar para a convivência na diversidade*. São Paulo: Paulinas, 2009.

MINISTÉRIO da Educação. Disponível em: <http://portal.mec.gov.br/index.php>. Acesso em: 17 out. 2019.

O ALCORÃO: livro sagrado do Islã. Tradução de Mansour Challita. 12. ed. Rio de Janeiro: Bestbolso, 2017.

PAPA FRANCISCO. *Quem sou eu para julgar*. Rio de Janeiro: Leya, 2017.

PEIXOTO, Nobert. *As flores de Obaluaê*: o poder curativo dos Orixás. 2. ed. Porto Alegre: BesouroBox, 2018.

PENSAMENTO Verde. Disponível em: <www.pensamentoverde.com.br/>. Acesso em: 17 out. 2019.

PONDÉ, Luiz Felipe. *Espiritualidade para corajosos*: a busca do sentido do mundo de hoje. São Paulo: Planeta do Brasil, 2018.

RIVA, Gabriela R. Saab. *Água, um direito humano*. São Paulo: Paulinas, 2016. (Cidadania)

SENRA, Ana. *Oficinas psicopedagógicas para superação da exclusão*. Petrópolis: Vozes, 2016.

TOROPOV, Brandon; BUCKLES, Luke. *O guia completo das religiões do mundo*. 2. ed. São Paulo: Madras, 2017.

VATICANO. Disponível em: <www.vatican.va>. Acesso em: 17 out. 2019.

WALTERS, Kerry. *Ateísmo*: um guia para crentes e não crentes. São Paulo: Paulinas, 2018.

WERNER, Camila (Edit.). *O livro das religiões*. Tradução de Bruno Alexander. 2. ed. São Paulo: Globo, 2016.

ADESIVOS

Unidade 4

Pixel-Shot/Shutterstock

Africa Studio/Shutterstock

wavebreakmedia/Shutterstock

TinnaPong/Shutterstock

Olesia Bilkei/Shutterstock

Hanna Taniukevich/Shutterstock

MARCHA CRIANÇA

2º ANO
ENSINO FUNDAMENTAL

ENSINO RELIGIOSO

CADERNO DE CRIATIVIDADE E ALEGRIA

Aluno: ....

Escola: .... Turma: ....

editora scipione

SUMÁRIO

Claudia Marianno/Arquivo da editora

DECIFRANDO O ENIGMA

Escreva a primeira letra de cada figura e descubra o que está escrito no cartaz segurado pelos líderes religiosos da imagem.

Ilustração: Claudia Marianno/Arquivo da editora

Ilustrações símbolos: Trem: Vlad PL/Shutterstock; Ovo: Studio_G/Shutterstock; Luva: Magicleaf/Shutterstock; Elefante: Teguh Mujiono/Shutterstock; Relógio: YummyBuum/Shutterstock; Avião: ghrzuzudu/Shutterstock; Navio: olegtoka/Shutterstock; Casa: sivVector/Shutterstock; Igreja: Rvector/Shutterstock; Sapato: nikiteev_konstantin/Shutterstock; Pente: Panda Vector/Shutterstock

DOBRADURA DE CACHORRO

O Criador criou o céu, a terra, os animais e tudo mais que existe. Siga as orientações abaixo para confeccionar a dobradura de um cachorro.

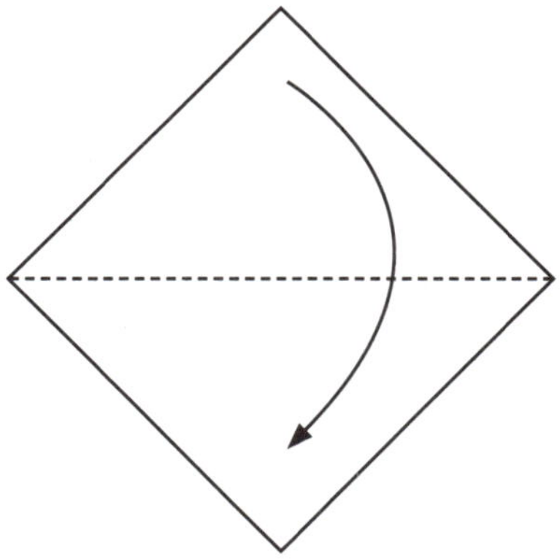

1. Destaque o quadrado da **página 5** e dobre-o na diagonal, conforme ilustração, formando um triângulo.

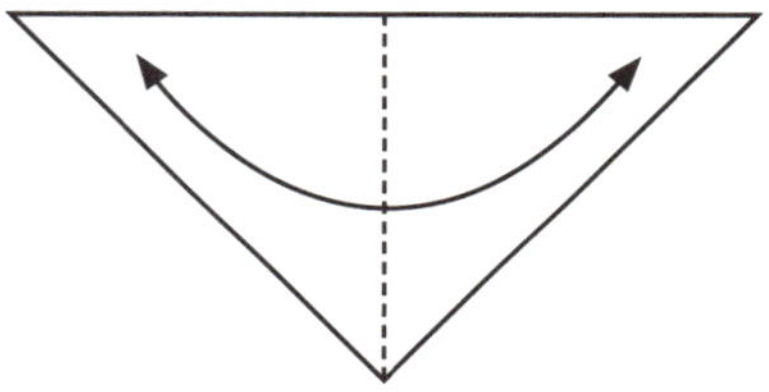

2. Em seguida, dobre o triângulo no meio, de acordo com a ilustração, só para fazer um vinco.

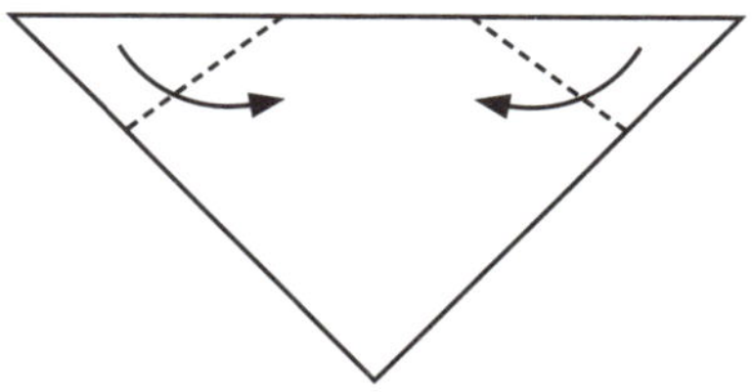

3. Para fazer as orelhas, dobre as duas pontas do triângulo em direção ao meio.

4. Por fim, para fazer a boca, dobre a ponta inferior do triângulo para cima e desenhe o rostinho do cachorro e pinte-o como desejar.

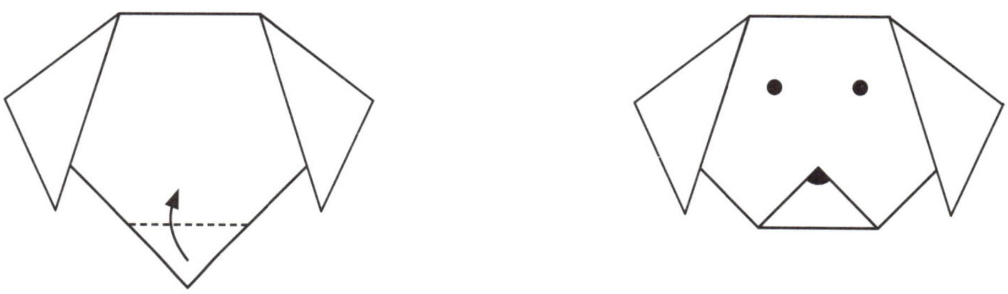

A MORADA DA FAMÍLIA

Que tal montar uma representação do espaço onde você vive com a sua família?

Pinte a casa como preferir. Depois, destaque a casa de papel e monte-a de acordo com as orientações do professor.

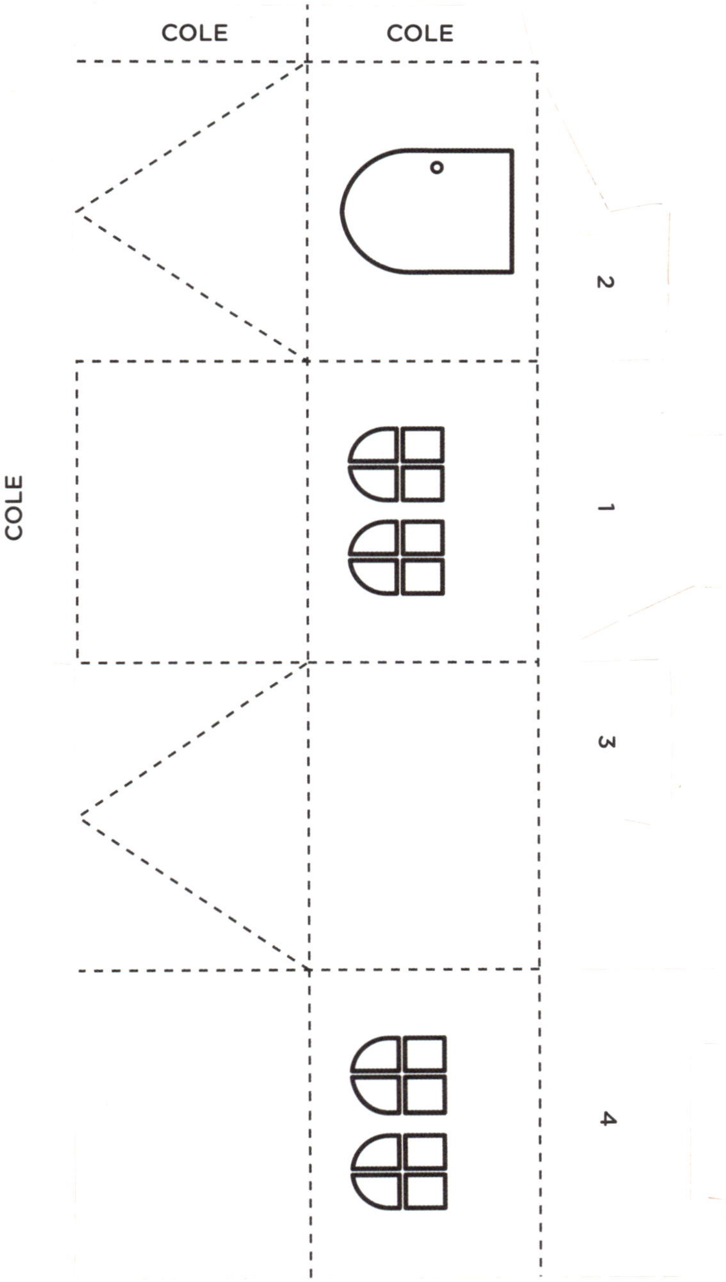

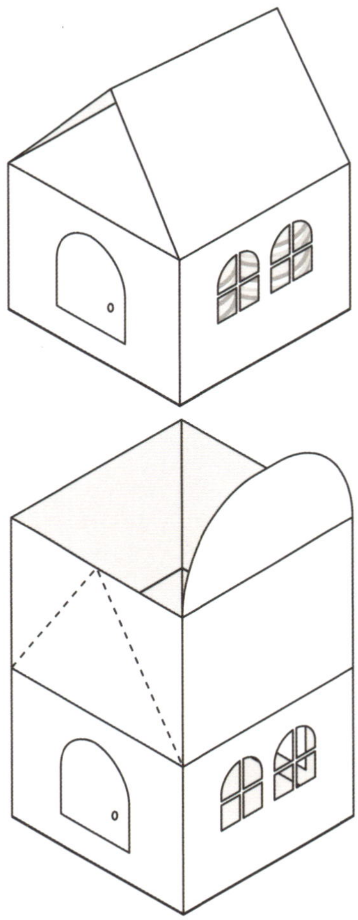

Muilee/Shutterstock

- - - - - dobre

FORMANDO PARES

Agora que você aprendeu sobre os integrantes de uma família, que tal brincar de jogo da memória? O objetivo é formar pares unindo o masculino com o feminino.

Pai

Mãe

Bisavô

Bisavó

Avô

Avó

Primo

Prima

Tio

Tia

Irmão

Irmã

Pai: ookie Studio/Shutterstock/Mãe: Yuri Shevtsov/Shutterstock/Bisavô: 9nong/Shutterstock

Bisavó: Rawpixel.com/Shutterstock/Avô: leungchopan/Shutterstock/Avó: Lopolo/Shutterstock

Primo: Trendsetter Images/Shutterstock/Prima: Svitlana-ua/Shutterstock/Tio: ImageFlow/Shutterstock

Tia: WAYHOME studio/Shutterstock/Irmão: Gelpi/Shutterstock/Irmã: Oksana Kuzmina/Shutterstock

COLOCANDO EM ORDEM

Pinte as cenas abaixo. Em seguida, destaque as cenas e, em uma folha avulsa, cole-as na sequência correta.

Ilustrações: Claudia Marianno/Arquivo da editora

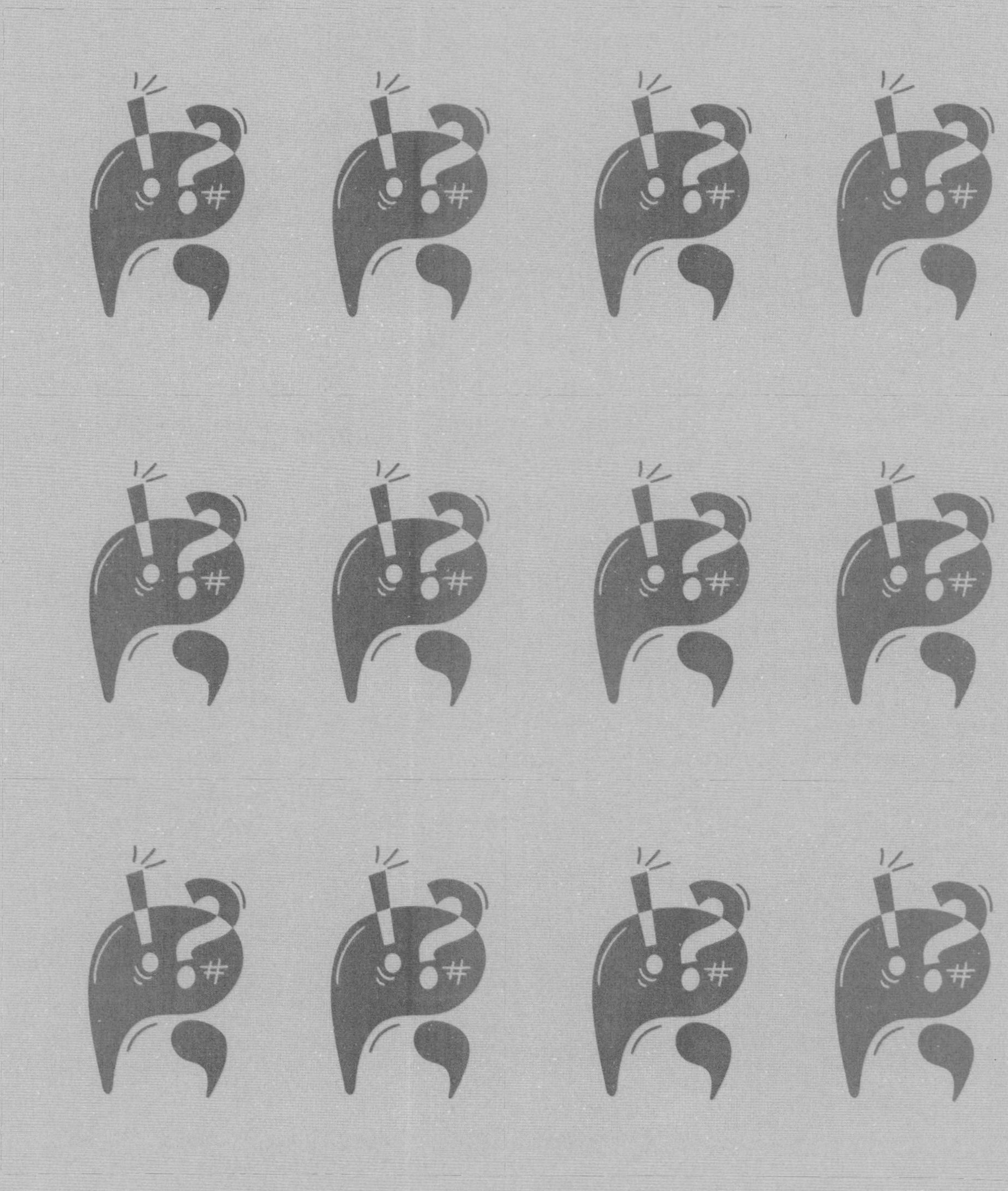

JOGO DA VELHA

Você já brincou de jogo da velha? É uma brincadeira bem antiga e divertida.

Destaque o tabuleiro e as peças abaixo e divirta-se.

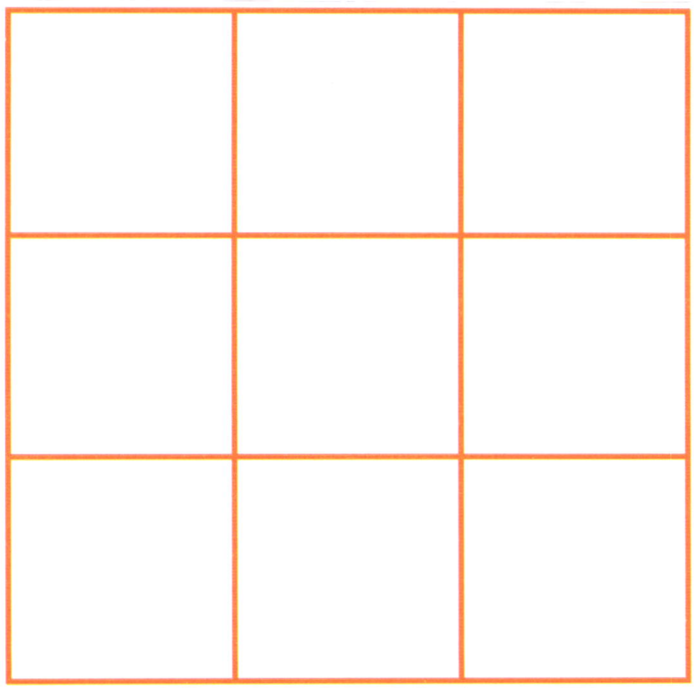

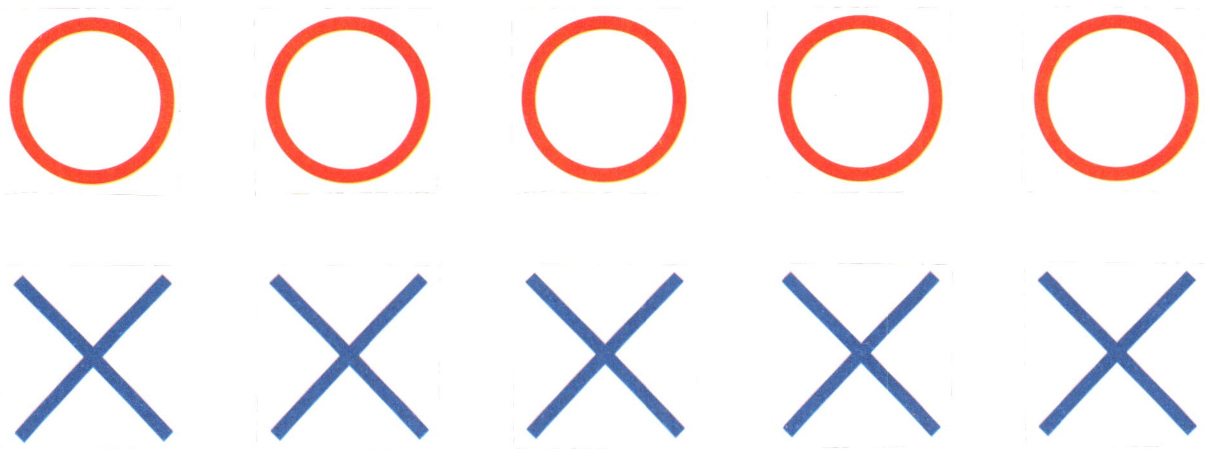

ESTRELAS DA MINHA VIDA

As pessoas são seres muito especiais, mas nem sempre temos a oportunidade de demonstrar gratidão a alguém que está a nossa volta.

Pense em duas pessoas que você ama e escreva o nome delas no centro de cada estrela. Depois, no verso da estrela, escreva um elogio para elas em cada uma das pontas.

sundora14/Shutterstock

Ilustrações: Pretty Vectors/Shutterstock